De bleu, de blanc, de rouge et d'étoiles

SARAH BARUKH

De bleu, de blanc, de rouge et d'étoiles

ROMAN

Harper
Collins
traversée

HARPERCOLLINS FRANCE
83-85, boulevard Vincent-Auriol, 75646 PARIS CEDEX 13
Tél. : 01 42 16 63 63

www.harpercollins.fr

ISBN 979-10-339-1796-0 — ISSN 2724-9972

En hommage à toutes les victimes directes
et indirectes du terrorisme.
À Mo.
À toutes les femmes meurtries par la violence
de certains hommes qui les détestent.

Pour ma fille et mes nièces.

Note de l'autrice

L'année qui vient de s'écouler a impacté ma vie d'un fracas irréversible. La déflagration continue de fragiliser le monde que je m'étais construit. Je le savais bancal, j'en connaissais les zones de vide, d'irréel, d'espoir. J'ignorais qu'il tenait à un fil.

J'avais érigé des murs épais dans les recoins isolés de mon esprit pour y cacher des souvenirs dont je ne pouvais m'extirper sans écorchures. La frontière était infranchissable, m'étais-je persuadée.

Je pensais avoir suffisamment sondé mon passé pour identifier les jalons d'un cheminement vers une nouvelle version de moi, apaisée. J'avais choisi mes priorités et m'étais promis de ne pas en dévier.

En vain.

Bien sûr, il y avait eu des alertes. Nombreuses.

Cette histoire de bleu, de blanc, de rouge et d'étoiles, d'ailleurs, m'était venue lorsque j'étais plus jeune. Je n'avais pas creusé, reculant face à ce qu'impliquait de traiter ainsi d'un tel sujet.

Pour autant, les personnages avaient continué de m'habiter, attendant leur heure.

Puis il y a eu le 7 octobre 2023.

Et mon équilibre a volé en éclats.

J'ai alors endossé un rôle auquel je ne m'attendais pas. Un appel à la résistance.

Être rattrapée par un devoir à honorer m'est apparu des mois durant comme un fardeau injuste. Chaque jour m'imposait de dénoncer, hurler, revendiquer, tout en sachant que ce cri ininterrompu contaminait tout ce que j'avais échafaudé jusque-là.

Pour vivre digne, je devais mener un combat qui érodait ce pour quoi je m'étais battue les années précédentes.

Pourtant, je n'avais pas le choix. Je ne me le laissais pas.

Comment procéder ? Mon seul moyen de défense consiste à écrire, et le moment était venu de raconter ma déchirure à travers ces personnages que je connaissais bien déjà, mais que j'avais eu peur d'animer jusqu'alors.

Prologue

Paris, 28 octobre 2023

— Je vais mourir.
— Sarah, vous êtes avec moi ?
— C'est fini.
— Sarah ? Est-ce que vous m'entendez ?
— Je n'en peux plus. Je ne peux plus respirer. Il faut que ça s'arrête.
— Allez, revenez, s'il vous plaît. Doucement.
— Ma main tremble, docteur. Je n'arrive pas à l'en empêcher.
— Respirez.
— Ça cogne dans ma tête. J'ai la poitrine écrasée. Je veux disparaître.
— On ne disparaît pas comme ça.
— J'aimerais que vous téléphoniez à l'hôpital, qu'on m'enferme. Sans ordinateur, sans téléphone, sans croiser personne.
— J'entends.

— Trop. Trop de violence.

— Je comprends.

— J'accompagne ma fille à l'école, il y a des tags sur les poubelles, les murs. Je donne des conférences, je dois encaisser des remarques immondes. Jamais directement, bien sûr, c'est toujours le « vous » à qui ils s'adressent. Les juifs. Comme si je n'étais pas une personne à part entière. Comme si tous les juifs étaient une grande organisation homogène, en ordre de bataille, prête à massacrer des innocents.

— Vous savez bien que non, alors pourquoi cela vous touche autant ?

— J'allume la télévision, chaque jour, de nouvelles manifestations, des universités bloquées, des associations humanistes qui condamnent les juifs, qui exigent qu'on rende la terre qu'on a volée, qu'on mette fin à l'apartheid, à la colonisation et toutes les ignominies que le monde a créées. Pas une personnalité ou presque pour faire preuve d'empathie envers les civils israéliens qui souffrent, eux aussi, envers les juifs de France qui se prennent tout ça en pleine gueule. Pour des millions de gens, des milliards peut-être, les juifs sont coupables du chaos mondial. Je suis une cible. Ma fille est une cible. Mes parents, ma sœur, ma nièce.

— Ces personnes sont bruyantes, mais elles ne parviennent pas à convaincre la majorité…

— Pour le moment. Mais les haineux n'hésitent devant aucune indignité. Ils exploitent des photos de gosses morts, de mômes blessés, et ils disent « vous ». « Vous » êtes coupables. Comme si ces images n'existaient pas de l'autre côté de la frontière. Les enfants mutilés, les populations déplacées, terrorisées. Ça ne leur vient même pas à l'esprit. Les barrières sont tombées, les antisémites de tous bords se sont engouffrés dans la brèche et profitent de la situation en parfaite impunité. J'invite à marcher contre l'antisémitisme sur Internet, j'appelle à la paix ou bien je parle des horreurs qui se produisent dans les kibboutz pour alerter l'opinion sur cet aspect du problème dont elle n'a pas conscience, et tout ce que je reçois en retour, c'est un flot de messages haineux qui m'ensevelit.

— Pourquoi allez-vous sur Internet ? Pourquoi lisez-vous ces commentaires ?

— Parce que, si je me tais, je crève. Mais quand je parle, je crève aussi.

— Sarah, vous avez le nez collé au problème. Essayez de vous détacher un peu.

— C'est impossible. Il y en a trop.

Je sors mon téléphone de ma poche et fais défiler les captures d'écran que j'ai accumulées la veille.

Je commence à lire, et ma voix n'est plus tout à fait la mienne. C'est celle de l'enfant tapie en moi et qui a peur.

Vous allez crever, sales sionistes. Arrêtez de vous victimiser.
Le monde est contre vous. Vous voyez pas comme tout le monde vous déteste ?
IsraHell IsraHell IsraHell IsraHell...
Les sionistes ont pris toute la haine du monde dans leur cœur pour pouvoir tuer de sang-froid les enfants de Gaza.

— J'ai compris, Sarah.

— J'en ai encore plein.

Allez pleurnicher ailleurs, les sionistes ! Israël a spolié les terres à un peuple que Tsahal tue encore, la résistance est la moindre des choses.
Vous me faites rire, tous. C'est dingue d'être aussi convaincus d'avoir raison. À quel moment on vous a fait croire que vous aviez tous les droits ?
Vous faites comme si vous étiez humaine, mais vous êtes la porte-parole de l'extrême droite israélienne, il n'y a que la vie des vôtres qui vous importe. C'est immonde.

— Sarah, je vous assure que j'ai compris.

Vous n'êtes pas du bon côté de l'histoire, et si vous ne le savez pas, vous allez bientôt le savoir.
Arrêtez avec votre parano ! Personne ne menace les juifs, on veut juste que vous arrêtiez de tuer des innocents.
Prends une corde et va te pendre à une chaise, féministe en carton.

— C'est tous les jours. Toute la journée. Des dizaines et des dizaines. Ils disent « vous ». Comme si, moi, j'avais tué qui que ce soit ! Comme si les soldats choisissaient d'aller à la guerre.

— Le moment est difficile. Il faut se recentrer sur l'essentiel et patienter.

— Mais ce n'est pas un moment, docteur ! Je n'ai jamais connu autre chose ! Et le monde est aveugle ! Toutes ces Mathilde, ces Manon, tous ces Guillaume, ces Sébastien, ces militants français blancs à la con qui n'ont jamais connu le racisme ne se rendent pas compte qu'ils sont complices de ce qui finira par nous tuer, tous !

— Calmez-vous, Sarah. Vous partez dans tous les sens.

— Non, c'est mondial ! Une gangrène internationale. C'est… c'est…

Ma psychiatre me regarde, les yeux ronds.

— Je suis folle, c'est ça ?

— Vous connaissez mon point de vue sur ce mot.

— Je voudrais aller à l'hôpital, docteur. Autrement, je vais me dissoudre.

— On va essayer autre chose d'abord.

— Quoi ?

— Vous allez dormir. Vous allez confier votre fille à votre maman. Vous allez couper votre téléphone et laisser le monde tourner quelques jours sans vous.

— Comment ?

— Avec l'ordonnance que je vais vous donner. Je serai joignable si besoin, évidemment.

— Et ça va calmer les antisémites ?

— Non. Mais cela vous aidera à ordonner vos pensées. Et quand vous vous réveillerez, vous noterez tout.

— Et si je ne me souviens de rien ?

— Je crois qu'au contraire les pensées se bousculent et que c'est précisément ce qui vous étouffe. Alors prévenez votre entourage. Il se peut que vous soyez obligée d'écrire beaucoup en vous réveillant. Il faudra le faire. Rester au calme. Et attendre que l'on se revoie pour analyser au fur et à mesure ce qu'il en ressortira. D'accord ?

— Et si ça ne marche pas ?
— Alors on parlera de l'hôpital.
— OK.
— Faites de beaux rêves, Sarah.

Je suis sortie du cabinet de ma psychiatre et, en bon soldat, je me suis dirigée vers la première pharmacie.

Trop de monde, j'ai voulu partir, mais la directrice, surgissant de l'arrière-boutique, m'a retenue. « Avec une telle prescription, on ne remet pas à plus tard », m'a-t-elle murmuré d'une voix douce.

J'ai déchiffré son nom de famille sur le badge accroché à sa blouse. *Mme S. Carem.* J'étais incapable d'en identifier l'origine. Je me suis demandé si son patronyme la classait parmi mes alliées ou mes ennemies, si elle veillait à ce que je reste pour m'aider ou me tuer.

J'en étais là des doutes et du chagrin.

Par hasard, mon regard s'est alors posé vers le fond du local. J'ai aperçu une gamelle pour chat sur le sol. J'ai formulé une suite d'hypothèses et j'ai choisi de faire confiance à Mme Carem qui devait être une femme gentille puisqu'elle aimait les chats.

Après avoir avalé mes comprimés, je ne sais pas exactement combien de temps j'ai dormi. Mais il était là.

Mo ?

Mo, c'est toi ?

Où sommes-nous ?

M'entends-tu ?

Je suis si heureuse de te revoir. Tu nous manques beaucoup, tu sais. Surtout à mon frère.

Plus le temps passe, plus je prends la mesure de ce que tu as vécu. Ce que cela implique, une vie de lutte, personne sur qui compter. Les sables mouvants tout autour.

J'ignore si Mo est réellement la première image qui m'est apparue ou si mon esprit a convoqué son souvenir plus tard, à mon réveil.

Je sais juste qu'il m'écoutait.

Beau. Serein.

Et tous les autres l'ont suivi.

On a tué *Charlie Hebdo*

Paris, 7 janvier 2015

— Papa ? Tu es chez toi ?
— Oui, je ne bouge pas.
— Promets-le.
— Je te promets, Jeanne.

Léon raccroche et fixe l'écran de télévision dans le salon. Il s'assoit sur la table basse, le fauteuil est trop loin. Aucun mot, aucun détail des images qui défilent sous ses yeux ne doit lui échapper. Toujours les mêmes, pourtant, qu'on repasse en boucle. Les commentateurs peinent à combler les silences. Qu'y a-t-il à dire, au fond ? Partout, la même vidéo circule, retrouvée sur Internet. Deux gamins, mitraillette à la main, scandent joyeusement un refrain : « On a tué *Charlie Hebdo* ! On a tué *Charlie Hebdo* ! On a vengé le Prophète ! »

Ils courent sur le boulevard Richard-Lenoir. Retour plateau. Priorité au direct. Derrière le journaliste, les sirènes des ambulances retentissent en chœur avec celles des camions de pompiers. Léon peine à distinguer les sons qui montent de sa rue de ceux diffusés par son écran.

Jeanne lui a dit qu'ils avaient bouclé le quartier, qu'elle avait dû quitter le travail en urgence pour se dépêcher d'aller récupérer Nina à la maternelle. C'était la panique à l'école, on ne sait pas encore s'il y en a d'autres dans la nature, prêts à tuer salement, armés jusqu'aux dents. Ça finit toujours par retomber sur les juifs, alors il faut réagir immédiatement. Jeanne et Léon connaissent la mécanique de la haine. Depuis Merah, les militaires surveillent l'établissement de Nina qui les surnomme « les grands hommes verts », à ne pas confondre avec les petits. Eux viennent de l'espace.

Léon regarde par la fenêtre. Il aperçoit quelques brancards. Les secours sont dépassés, la presse s'est massée autour d'eux. Le cadavre d'un policier gît sur le trottoir, juste en face. Ils n'ont pas encore nettoyé le sang.

Léon s'est tellement battu pour revenir vivre ici, dans cet appartement du boulevard Richard-Lenoir. À l'époque, quand il habitait là avec ses parents, la cuisine était séparée du salon, et la chambre principale lui semblait immense. Pourtant, il n'est plus certain de ses souvenirs de petit garçon.

Un soir, son père, Elisha, a dit dans un souffle de rassembler trois changes, trois livres et un jouet par enfant. Aucune question autorisée. Il a fallu faire vite et en silence. Personne ne devait savoir, personne ne devait entendre.

Un collègue de l'usine a offert son aide. Elisha avait beau être juif, il avait beau venir de loin, entre communistes, c'était la moindre des choses de se sauver la vie.

Le père, sa femme et les trois enfants ont quitté précipitamment Paris pour se réfugier à Montfermeil, dans un pavillon sans eau courante. Ils ont appliqué les consignes : éteindre les lumières le soir, ramasser les patates dans les champs pour ne pas avoir à se rendre chez l'épicier, contacter la septième maison à droite pour le reste... Et sortir le moins possible. Mais ça n'a pas suffi. Quelqu'un les a dénoncés. Soixante-douze ans plus tard, Léon se demande toujours qui. Il a passé le quartier entier en revue, imaginé tous les scénarios possibles. Pas de certitude.

La milice a frappé à la porte. Les trois enfants et la mère ont aussitôt appliqué le plan. Vite, ils ont dégagé la trappe secrète, vite, ils s'y sont glissés, tandis qu'Elisha ouvrait aux représentants de l'administration française. David n'a pas supporté d'entendre les hommes en noir pousser son père par terre. Il a perçu le bruit sourd de la chute au-dessus d'eux. Attendre sous les lattes du parquet qu'Elisha soit torturé était insoutenable pour lui. Il a désobéi. Il a fait le tour de la maison pour ne pas risquer de trahir la cachette et s'est présenté, torse bombé, devant la porte d'entrée. Malheureusement, son français impeccable n'a pas compensé le yiddish d'Elisha. La milice n'était pas venue corriger des erreurs de langage. Pour ces gens, seule comptait la faute ultime, le crime de naissance, être juif.

Les hommes en noir ont embarqué Elisha et David dans leur fourgonnette. Léon ne les a jamais revus.

Après la guerre, sa mère est morte de chagrin. Sa petite sœur, Régine, a fini par se marier, et le couple a décidé de partir en Australie. Le plus loin possible de cette France maudite. La distance, le décalage horaire, la langue, les enfants, le travail ont peu à peu eu raison de la proximité de Léon avec sa sœur. Depuis des décennies, ils se téléphonent en septembre, pour la nouvelle année, et en avril, avant Pessah.

De 1945 à 1961, les trois puis les deux rescapés de la famille sont parvenus à éviter les lieux qui plongeaient dans la douleur. La morsure du boulevard Beaumarchais où on achetait les journaux, avant. La morsure du marché où Elisha dégotait toujours un morceau de viande à partager pour le shabbat. La morsure du boulevard Voltaire, ses commerces, la file d'attente au bureau de poste, le square derrière la rue Sedaine. Des coups de dents qui déchiraient les chairs et le cœur. Alors ils avaient effacé le 11e arrondissement de leur carte.

Contourner, trouver des itinéraires de remplacement pour éviter de le traverser. Ne pas l'évoquer non plus. C'était le pacte. Parce qu'à la fin de la guerre, Léon s'y était confronté une fois, quelques mètres boulevard Richard-Lenoir, juste pour voir, et il en avait payé le prix. Trois jours d'une fièvre délirante, une semaine sans pouvoir rien avaler, les maigres économies qui disparaissent en médicaments, en consultations médicales. Et la faim ensuite. Régine lui avait fait jurer de ne plus recommencer. Personne ne devait céder à la curiosité tant qu'il y aurait du chagrin sous la peau. Autant dire que Paris demeurerait éventré pour toujours.

Mais, peu à peu, la curiosité l'emportait. Qu'était-il advenu de ses jouets d'enfant ? La petite voiture qu'il avait lui-même fabriquée avec des châtaignes et des brindilles de bois ? Qu'étaient devenues les robes de sa mère ? Le chandelier de Hanoukka qui avait survécu à l'exil ? Ce trou dans Paris renfermait des trésors. Non que ces objets aient une quelconque valeur, mais ils tissaient des liens avec l'avant. Son « avant » à lui, mais aussi celui de ses parents qui n'étaient plus là pour raconter. Régine s'opposait inlassablement à cet élan. Il ne fallait pas s'approcher du brasier. Il ne fallait pas invoquer le passé. Parce qu'alors les nazis et les mauvais Français gagnaient à nouveau. Et ça, c'était hors de question.

Quand, après le départ de Régine, Léon avait bravé l'interdit, retournant seize ans plus tard sur les lieux de l'avant, d'anciens voisins s'étaient installés dans l'appartement du boulevard Richard-Lenoir. Ils avaient volé son foyer, l'avaient vidé, avaient jeté les robes et le chandelier de l'exil. Mais, surtout, ils avaient fait semblant de ne pas le reconnaître. Le voisin portait la casquette de David, oubliée lors de la fuite. Il portait la casquette d'un mort et feignait de l'ignorer.

Léon s'était juré qu'un jour il rachèterait cet appartement. Peu importait le prix. Il y a sacrifié tant de fêtes, de vacances en famille des dix premières années de Jeanne. Rien n'était plus important pour lui que de retourner vivre à cet endroit.

Le voleur de casquette avait fini par céder et accepter de vendre « son » bien près d'un demi-siècle plus tard, à un prix au-dessus de celui du marché. Léon avait signé sans broncher. Jeanne avait déjà pris son envol et, la première fois qu'elle avait revu ses parents après leur installation dans le 11e arrondissement, elle avait eu un choc. Elle avait mis du temps à l'expliquer. Léon était redevenu un petit garçon : cinquante ans plus tard, il n'était plus Léon Rougemont – il était de nouveau Levin Rottenberg, onze ans à peine, qui faisait rouler sa petite voiture aux châtaignes en guise de roues sur le parquet.

Léon sait tout de ce quartier. Il en connaît les moindres impasses, chaque escalier de rue, chaque enseigne, chaque commerçant. Lorsque l'équipe de *Charlie Hebdo* s'est établie dans la voie de derrière, il a ressenti un pincement au cœur, comme quand un mauvais pressentiment le saisissait, enfant. Il a pensé au pire : un nouvel incendie des locaux, des évacuations, une alerte à la bombe. Mais jamais il n'aurait pu imaginer ça…

Léon s'agrippe à sa télécommande comme à une bouée. Comme si, bientôt, un mot, une phrase du journaliste allaient le conduire sur une autre rive, loin du pays des horreurs. En plateau, un invité résume l'affaire des caricatures, un avocat raconte les menaces envers Charb, sa manière de vivre « quand même ».

Sur une autre chaîne, on débat autour de sa naïveté ou de son optimisme. Léon se demande s'il existe une différence. Priorité au direct encore, un médecin, chroniqueur de *Charlie* à ses heures, accepte de répondre aux questions. Il est sur le boulevard, juste là, en bas de l'immeuble. Léon se demande ce qui le dérange le plus, cette mise en abyme ou bien le brancard qu'il aperçoit derrière la fenêtre, et duquel dépasse une main. Qui est-ce ? Qui a laissé cette main inerte sans protection digne ? Est-il le seul à l'avoir remarquée ?

On annonce un premier bilan. Un carnage. Des décès, des blessés graves. Pronostic vital engagé. Il sait ce que cela signifie. Jeanne lui a raconté les attentats en Israël quand elle vivait là-bas. « Blessé grave » est le terme consacré pour éviter de décrire des mois d'opérations sur des moignons infâmes, des gueules cassées, des infirmités humiliantes, des béances effroyables. Ce qui aurait dû disparaître et qui s'accroche, sans plus de forme acceptable pour le commun des mortels. Des êtres entre deux mondes que les passants fuiront. On pleure les morts sous les draps, on vomit les corps aux plaies trop barbares.

Les familles doivent être au courant maintenant. Les clans doivent s'être formés, les proches que l'on conduit à la morgue identifier ce qui reste, et les autres qu'on dirige dans un couloir d'hôpital où commence l'interminable silence.

Plus Léon pense aux familles, plus il sent les minutes s'étirer. Il a découvert ce phénomène quand on a embarqué son père et son grand frère, quand après la guerre, chaque jour durant des mois, il s'est rendu au Lutetia consulter les listes des rescapés des camps. Ceux qui avaient pu être identifiés, les rares qui étaient sur le chemin du retour. Chaque jour, il s'est approché du tableau, tremblant. Il n'y a jamais lu le nom des siens. Depuis, c'est comme si, quelque part, l'esprit de Léon s'était arrêté à Montfermeil, coincé sous les lattes du parquet, retenu par sa mère et sa sœur. Comme s'il vivait à la fois en 2015 et en 1943. Léon est encore un garçon de onze ans qui fêtera bientôt ses quatre-vingt-trois ans.

Quand Jeanne a annoncé qu'elle partait de la maison, il a déposé les armes. Il n'avait plus à « tenir » pour jouer au père qui sait où il va. Il avait accompli son devoir, elle pouvait s'envoler. Mais aussitôt une question sournoise s'était immiscée en lui : à quoi servirait-il désormais ? Le sol se craquelait sous ses pieds. La réponse était un puits sans fond. Il avait peur, il avait froid, il était triste sans savoir vraiment pourquoi. Impossible d'identifier l'ennemi, ce mal qui le rongeait était fourbe, trop lâche pour lui déclarer un duel en règle.

Il lui a fallu déployer des efforts insensés pour résoudre cette énigme : son ennemi était le temps. Et cet ennemi-là s'affrontait sur plusieurs dimensions. Léon a compris qu'il existe des instants qui s'allongent infiniment. Ils ne cessent de revenir.

Inlassablement.

Certaines minutes semblent durer toujours. Des minutes en parallèle des autres qui défilent, quelque part, autour de soi. Des minutes circulaires.

Les années passent, on continue, on avance. Mais ces minutes-là se rejouent encore. Le temps n'existe pas, il est multiple. Il y a le temps du quotidien et celui de nos chagrins. Ces temporalités cohabitent, se nourrissent l'une l'autre, mais elles ne suivent pas la même trajectoire, nous faisant emprunter des lignes de fuite ou des boucles de tristesse. Trouver la lumière implique d'apprendre à s'extraire de tous les temps du temps.

Quand Jeanne est rentrée d'Israël, elle s'est mariée très vite, elle a eu Nina, elle a divorcé l'année suivante.

Jusqu'à aujourd'hui, elle a toujours refusé de lui raconter *l'événement* en détail. « C'est le passé », dit-elle chaque fois qu'il aborde le sujet. Mais Léon n'est pas dupe, Jeanne doit sûrement affronter des minutes circulaires en silence, elle aussi.

Il reconnaît le son des petits poings de Nina qui tambourine à la porte. Il éteint la télévision, tire les voilages, enclenche un disque de comptines pour couvrir le brouhaha de la rue.

— Papy !

La petite lui saute dans les bras tandis que Jeanne lui glisse un tendre baiser sur la joue.

— On va dormir ici, on te laisse pas seul, décrète sa fille d'une voix sans appel.

— Papy ! Fais-moi décoller, le plus haut possible !

Léon sourit. Cette enfant s'entête à ne pas admettre qu'elle grandit et qu'il a mal au dos. Il caresse ses cheveux lisses, si doux, d'un noir si profond. Nina est la joie personnifiée. Elle est la gamine irrésistible des livres de sa jeunesse. Les fossettes au creux des joues, les yeux immenses, les taches de rousseur de sa mère sur les ailes du nez. Tandis qu'en bas l'horreur sévit, l'enthousiasme de sa petite-fille lui coupe le souffle. C'est trop.

Trop de contraste.

D'absurdité.

Mon Dieu, quel monde lui laisse-t-on ?

Mon Dieu, s'il vous plaît, épargnez-la.

Tic-tac, tic-tac

Île de Koh Samui, Thaïlande, le même jour

Mo ignore combien de temps encore il va pouvoir résister.

Jeanne ne cesse de l'appeler. Inutile de chercher pourquoi. La vidéo circule sur Internet depuis deux heures à peine et la terre entière tente de le joindre. Il a bloqué tous ses contacts. Il n'est pas prêt.

Plus personne ne lui importe. Sauf Jeanne. Elle, c'est différent. Elle est la sœur qu'il s'est choisie.

Seulement là, Mo ne veut plus exister pour qui que ce soit. Il rêverait de disparaître. L'instant qu'il redoute depuis que Farès est sorti de prison est arrivé.

Il regarde à nouveau le lien qu'on lui a envoyé. Chaque fois qu'il clique dessus, son souffle se tarit. « On a tué *Charlie Hebdo* ! On a vengé le Prophète ! » crient les deux fuyards, armes en main, sur le boulevard Richard-Lenoir. Mo a aussitôt reconnu Saïd et Chérif. À quelques mètres, un policier au sol baigne dans son sang.

Mo a eu beau se préparer à la possibilité d'un pareil événement, un immonde sentiment de culpabilité le ronge. Comme si sa chair brûlait sous sa peau. Il est une plaie béante. Il voudrait frapper le sac de cuir qu'il a suspendu au palmier du bout de la plage. Son repaire. Mais il ne parvient plus à marcher. Ses forces ont fui ses jambes, ses bras, dès les premières images.

« On a tué *Charlie Hebdo* ! On a vengé le Prophète ! » Il en a lâché son téléphone.

Jeanne doit avoir peur pour lui. Il n'est pas encore en capacité de la rassurer. De toute manière, commenter le carnage des Kouachi tandis que la police les recherche représente un risque évident, pour Farès d'abord, mais aussi pour Jeanne. Ils seront sûrement sur écoute. Hors de question qu'elle soit convoquée au commissariat.

Mo ne veut pas non plus appeler Farès, bien que son frère soit certainement pris à la gorge. Tous savaient que, tôt ou tard, il faudrait payer l'addition. Vingt ans de dérive ne s'effacent pas, surtout quand le mal a fait des petits. Farès a répandu la haine auprès de jeunes perdus qui se cherchaient une occasion d'en découdre, comme dans leurs jeux vidéo. Il a recruté des soldats, les a orientés, fascinés, formés au djihad. La probabilité qu'aucun de ses poulains ne passe à l'acte approchait la nullité.

Mo se demande si Farès était au courant du projet des Kouachi. Son frère a beau s'être repenti, avoir suivi le protocole du centre de déradicalisation, repris des études, suivi une thérapie, pour Mo, le doute plane toujours. Farès est une énigme, et de l'incertitude naît la suspicion. Si même lui se méfie des promesses de son frère, que peut-on attendre de la société ? Des forces de l'ordre ? Le cauchemar n'en finira jamais. Quoi qu'il fasse, Farès demeurera un symbole du danger. Et désormais, de la mort.

Mo retient le tremblement de sa lèvre. Combien de temps avant que les RG ne le retrouvent, lui aussi ? Qu'ils l'interrogent ? « Monte, on va faire un tour », lui glissaient les hommes des voitures banalisées à la sortie du collège. Mo aurait donné n'importe quoi pour être né dans une autre famille. En vain. Pour l'État français, il serait toujours Mohammed, le frère de Farès. Depuis ce matin, il est même devenu Mohammed Bensalam, officiellement relié à l'émir des Buttes-Chaumont, celui qui a recruté les frères Kouachi pour le djihad.

Le responsable d'un massacre terroriste au cœur de Paris.

Son nom à jamais associé à l'islam radical. À jamais écrit à l'encre rouge du sang des victimes de *Charlie*.

Mo regarde l'océan face à lui. Il presse une narine et inspire par l'autre. Trois fois. Puis il opère le même exercice du côté opposé.

Il décolle sa langue de son palais, sépare ses doigts les uns des autres, tente de dresser chacun de ses orteils loin du sol, un par un.

Doucement. Il décompose les gestes.

Il lève ses bras vers le ciel tandis que ses pieds s'enfoncent dans le sable. S'ancrer et se déployer. S'enraciner et s'envoler. Nourrir les ambivalences, les contradictions dans le corps pour que l'esprit les accepte. Admettre que, pour étirer un muscle, il faut en contracter un autre, qu'il n'y a jamais de mouvement sans forces opposées.

Arnaud, son premier entraîneur de boxe, avait semé la graine en lui quand il était encore un gamin. Farès était rentré de la colonie de vacances offerte par « les Frères » le crâne bourré de nouveaux principes. La rentrée des classes 1992 devait incarner un nouveau départ. Le début d'une longue colocation avec l'esprit du Prophète, perçu par des fous. Les livres du collège, blasphème. La disposition des bureaux en salle de classe, blasphème. Les filles riant, chantant, parlant, blasphème. Farès critiquait, s'indignait et devenait violent. Il se persuadait que de lui dépendait l'honneur de l'islam. Du moins, ce que d'autres en avaient fait.

À la maison, Mo étouffait. Parce que, l'école, il aimait ça. Rire avec sa mère dans la cuisine aussi. Et tous ces petits plaisirs devenaient les étincelles d'explosions sans fin. Il avait marché tout droit un soir, après les cours, s'était arrêté devant le gymnase au bas de l'avenue de Laumière. Une affiche indiquait « Boxe, niveau débutant à confirmé, pour ne plus subir ». À côté, une photo de

Stallone et une citation phare de *Rocky*, en anglais et en français : « *It ain't about how hard you hit. It's about how hard you can get hit and still moving forward* », « C'est pas ta force de frappe qui compte, mais la force des coups que tu peux encaisser sans t'arrêter d'avancer ». La lumière était revenue.

Mo avait poussé la porte, s'était dirigé vers l'entraîneur sans regarder les autres élèves. Il s'était planté face à lui, s'était redressé comme s'il pouvait compenser leurs vingt centimètres d'écart, et avait craché une tirade sèche et efficace. Il n'avait pas d'argent. Pas de gants. Pas d'amis. Pas de famille. Mais il avait besoin d'être là. Besoin d'apprendre à encaisser sans s'arrêter d'avancer. Arnaud s'était contenté de lui indiquer le panier de gants au bout du couloir. Il le surveillait de loin, corrigeait son mouvement de temps en temps, mais lui préférait les autres. Les plus anciens. Les plus forts.

Au bout d'un an, quand pour la première fois la sœur de Mo avait consenti « d'elle-même » à porter le tchador, il avait frappé dans un casier du vestiaire au point d'en briser le verrou. Alors Arnaud l'avait convoqué dans le bureau.

« Tu veux que les choses bougent, Mo ? Alors bouge ! »

L'entraîneur lui avait conseillé une série de gainages et d'éducatifs de course adaptés à sa morphologie. Mo avait suivi la routine avec une assiduité dont il se croyait incapable. Chaque semaine, il augmentait le nombre de séries, le nombre de disques sur les barres de musculation. Son corps se densifiait. Il se sentait libéré de son poids et, d'un autre côté, il n'avait jamais habité ainsi son enveloppe. Comme s'il se percevait désormais de l'intérieur.

Il dominait l'espace, s'appropriait le temps. Une heure n'était plus une notion abstraite mais la durée d'un entraînement aux repères précis. Plus étonnant encore, il se sentait plus fort face à ses idées noires. Comme si ses muscles toniques, roulant sous sa peau, constituaient le meilleur rempart au tourbillon de pensées qui l'aspirait. Plus efficaces que les raisonnements les plus élaborés. Arnaud avait dit vrai. Déterminé à prendre son destin en main, Mo avait laissé le sport façonner son quotidien et, à mesure des années, son esprit.

Lorsque rien n'avait de prise sur son désespoir, Mo partait courir. Il courait trois, quatre, parfois sept heures de suite à un rythme lent. Luttant contre la tentation d'accélérer pour mieux travailler son endurance. Parce que l'espoir est le produit de la force tranquille. Celle qui tient la distance et se nourrit de patience.

Lorsqu'il se heurtait à des clients prétentieux à l'hôtel de Koh Samui où il travaillait maintenant, ou qu'un nouveau directeur lui en faisait baver, il se concentrait sur des mouvements de taekwondo, insistant sur les étirements. La souplesse de l'âme s'obtenait en travaillant l'ouverture de l'écart facial.

Chaque état émotionnel avait sa solution corporelle. Et, lorsque le corps était prêt, le mental suivait.

Quand, un an auparavant, en février 2014, Arnaud avait évoqué cette proposition d'emploi en Thaïlande, Mo avait sauté sur l'occasion. Le coach avait envoyé une lettre de recommandation dithyrambique à l'établissement. Par hasard, Mo était tombé dessus plus tard, une fois sur place. Jamais personne n'avait parlé de lui en ces termes. Il en avait pleuré sans pouvoir s'arrêter.

En quelques jours, tout s'était mis en place. Le club de vacances cinq étoiles lui avait envoyé son contrat et un billet d'avion pour le lundi suivant. Le premier lundi de mars 2014. Un mois béni. Mo avait tant prié pour quitter son quartier de misère et sa famille toxique. Tant prié pour que leurs visages, leurs idées d'arriérés cessent de le polluer. Il avait choisi le sport pour trouver la force de tenir, finalement c'était le sport qui le libérait d'eux aussi. Quinze années d'errance et soudain, en quatre jours à peine, une lettre et ses rêves devenaient réalité. Il était embauché comme responsable adjoint de l'équipe sportive de l'hôtel club Six Senses de Koh Samui, l'une des plus grandes îles de Thaïlande.

Il n'avait jamais pris l'avion vers d'autres destinations que l'Algérie. Interdiction de se rendre ailleurs. À l'aéroport, tous les quatre ans, il observait les autres voyageurs avec envie. Ceux qu'on n'obligeait pas, comme lui, à rentrer au bled se faire gaver de sourates dévoyées dans un esprit de haine et de soif de sang mécréant.

Enfin, il pouvait se réinventer. Oublier son identité et ne jamais révéler son vrai prénom. *Mohammed*. Il aimait bien, pourtant, le murmure de ces lettres. Il se sentait laïque mais il appréciait ce lien à son histoire, le fait aussi que ses parents l'aient un jour aimé suffisamment pour honorer le Prophète à travers sa naissance. Peut-être avait-il compté un temps après tout ? Étirement-contraction.

Au départ, « Mo » lui avait été attribué par Jeanne. Dès leur rencontre à l'école primaire, elle l'avait surnommé ainsi. Elle, c'était une fille, enfant unique issue d'une famille athée de culture juive. Lui était le benjamin d'une fratrie de cinq, élevé par des musulmans devenus salafistes. Il n'avait pas eu besoin d'elle pour ouvrir les yeux sur les siens, mais leur amitié avait représenté la seule bouée à laquelle il avait pu se raccrocher dans son océan de solitude.

Jeanne incarnait tour à tour le rôle d'amie, de sœur, de confidente, son foyer, celui de refuge, de cantine, et peu à peu, de famille adoptive. Le petit frère de « l'émir » protégé par des juifs ! Étirement-contraction.

Les Rougemont l'avaient hébergé un temps quand Farès, à son retour d'Afghanistan, avait finalement réussi à imposer la *charia* à la maison. Fini la musique, les livres, les femmes à la même table que les hommes. Sa jeune sœur avait dû revêtir la burqa, condition essentielle pour qu'on lui trouve un « bon » mari parmi les aspirants au djihad de la banlieue parisienne. Mo était encore au collège. Il aimait le rap et les séries américaines. Il aimait la France, la boxe, son école et les enquêtes de Gérard de Villiers.

À mesure que l'obsession obscurantiste de Farès gagnait les siens, que ses parents baissaient les bras et se laissaient emporter, Mo avait tenté de résister. Il avait commencé les sports de combat pour être capable d'empêcher le tyran d'entrer dans sa chambre. En vain. Ils en étaient venus aux mains, et Farès avait fini par jeter la chaîne Sony de son petit frère par la fenêtre, manquant d'écraser un gosse de la cité.

Mo avait compris le message. Tôt ou tard, la folie de son frère ferait des morts. Il ne gagnerait rien à une opposition frontale, et Farès n'accepterait aucune limite, aucun compromis. À la moindre déception, son œil frisait et la rage se déchaînait, peu importaient les conséquences. Il se fichait bien de la douleur des autres. Comme si la religion telle qu'il la pratiquait, au lieu de le rendre meilleur, avait gelé son cœur.

Le téléphone de Mo sonne à nouveau. Il refuse cette conversation. Refuse cette réalité. La verbaliser revient à la faire exister. Cette fois, Jeanne lui laisse un message qu'il tente aussitôt d'effacer. Mais, dans la précipitation, il déclenche l'écoute. Il sourit de sa bêtise : jamais il n'aura pu lui couper la parole ! Aux premiers mots qu'elle prononce, il sent la tristesse l'envahir. La voix de Jeanne, et c'est tout le quartier qui revient. L'enfance, la douleur. Jeanne, son étoile dans les ténèbres.

« Mon chat, je sais que tu sais. Sauf que c'est plus compliqué que ce qu'on voit sur Internet. Ton frère s'est rendu à la police pour donner toutes les infos possibles sur Saïd et Chérif. Il jure qu'il n'y est pour rien, et je le crois. Mais les blessés de *Charlie* ont été rapatriés à l'hôpital de la Salpêtrière, là où Farès fait son stage d'infirmier. La presse l'a appris. Gros scandale en cours. Le recruteur des Kouachi qui soigne les rescapés de *Charlie Hebdo*, t'imagines. Bref. Il va se faire virer. Je sais pas ce qu'il va devenir. Je pense pas que les flics te chercheront. Moi, en tout cas, RAS.

Sinon, Nina va bien. Je sais que tu n'arrives plus à créer de liens avec personne, mais qu'elle compte pour toi, comme si c'était ta nièce. Alors je t'informe.

Tu te rends compte ? Ça s'est passé sous les fenêtres de mon père ! Il dit que ça va, mais je pense qu'il revit la guerre. Et moi… Moi, je sais pas.

Je t'aime. »

Un message qui n'attend pas de réponse.

Au fil des années, Jeanne s'est faite à son silence. Un appel par trimestre, Mo est incapable de lui donner davantage. La France doit rester loin derrière lui.

Pour autant, Mo ne parvient pas à s'empêcher d'imaginer Léon à sa fenêtre, assistant au ballet macabre des ambulances et des voitures de police. Il sent la colère éclater dans son torse. Comme des éclats de verre dans ses poumons. Il enclenche la vidéo.

Encore.

« On a tué *Charlie Hebdo* ! On a vengé le Prophète ! » Et les éclats de verre déchirent son cœur.

Un avenir de pudeur

Peshawar, Pakistan, 6 juin 2014

Rima est heureuse. Elle a presque terminé de coller sa pile d'étiquettes. Si elle ne commet pas d'erreur, elle sera première ce soir. La gagnante a droit à deux pains, en plus du salaire. Autour, les autres employées de l'usine s'acharnent à la rattraper. En vain. Le trophée sera pour elle.

Elle imagine déjà l'expression de Samra, sa mère, la joie fugace qui lui tirera un sourire. Le sourire de la légèreté qu'elle ne dévoile jamais.

Samra est encore enceinte. C'est la quatorzième fois. Le dernier enfant n'a pas tenu. De toute manière, c'était une fille, et le père n'en veut plus. Allah l'a rappelée avant que ses frères ne la renvoient là-haut eux-mêmes. Un mal pour un bien. Juste après, le ventre de Samra a grossi de nouveau, très vite. Un matin, Rima l'a vue s'éloigner et se cacher derrière les buissons, une chèvre dans les bras. Elle s'est mise à pleurer. Rima ne l'a pas consolée. Elle est restée figée, à l'observer de loin. Tous ces bébés, c'est trop.

Trop de bruit, trop de fatigue. Trop de coups.

Rima n'aime pas la vie de sa mère. D'ordinaire, elle se retient d'alimenter ce genre de pensées. Des pensées interdites, sûrement. Mais ce jour-là, en fixant Samra blottie contre le flanc de la chèvre, Rima réfléchissait à ce ventre presque toujours occupé depuis son mariage. Peut-on se connaître quand on n'est jamais seule en soi ?

Cette grossesse épuise sa mère. Plus que les dernières. Depuis quelques semaines, elle se traîne. Le lait de ses seins se tarit. Elle peine à nourrir Ahmed qui n'a que deux ans et qu'elle doit allaiter longtemps encore. Il faut que ce garçon vive, autrement la punition sera terrible. Alors Samra est tenue de se reposer. Le père va sûrement désigner Nafisa en cuisine. Cette petite sœur-là n'a que sept ans, mais Samra a besoin d'une autre fille sur qui compter à la maison.

Tout le monde aide mais les punitions et les coups ne tombent que lorsqu'on a une tâche officielle, une mission dont on ne se montre pas à la hauteur. « Telle est la loi, assène le père. Ce qui se passe ensuite dépend de Dieu. » Nafisa perd ses cheveux par poignées depuis qu'elle a compris sa désignation imminente. Il n'y a rien à espérer pour elle. Samra a trop peu de temps pour venir à bout des corvées qui lui incombent chaque jour. Il y a trop d'enfants, trop de bouches à nourrir et pas assez d'argent. Les filles servent à ça.

Pour Rima, il n'est rien de pire que de rester à la maison dans ces conditions. Sa mère a beau la plaindre de devoir endurer le monde extérieur, Rima se réjouit de son sort. Sa désignation à l'usine a été une bénédiction.

Elle et Nasreen, sa sœur aînée, n'ont que huit mois d'écart. Rima est arrivée en avance. Sa mère lui a dit que, avant même son entrée dans la vie, elle était pressée d'accomplir sa destinée sur terre. Quand les deux jeunes filles ont atteint l'âge de douze ans, le père a décidé : Nasreen a été choisie pour aider à la maison, et Rima, pour travailler à la ville. Tant qu'elle ne sera pas mariée, Rima rapportera de l'argent pour nourrir les hommes du foyer. Ils doivent être forts tous les six, ils doivent veiller à leur honneur à toutes, il leur faut au moins deux repas par jour.

Rima n'a plus besoin de chaussures. Le dessous de ses pieds est dur comme une semelle. Elle part avant l'aube. Lorsqu'elle franchit finalement les dalles bétonnées de la ville, le soleil a déjà parcouru un quart du chemin sur l'arc du matin. Les premières fois, elle ne pensait pas réussir à atteindre la bâtisse grisâtre aux murs qui s'effritent. La brûlure la paralysait. Elle finissait à quatre pattes, comme un chien. Impossible de poser le pied. Le soir, elle avait récupéré des chutes de tissu pour s'envelopper. Quelques instants de soulagement, puis Rima avait semé des lambeaux de coton ensanglantés.

Les plaies qui séchaient pendant la nuit se rouvraient le lendemain. La seconde peau ne s'était formée qu'au bout d'un mois, rendant ses pieds épais et calleux. Aucune importance, l'essentiel est d'arriver à l'usine à l'heure sans souffrir. La douleur déconcentre. Rima n'a pas de temps à lui accorder. Elle a besoin des deux morceaux de pain de la première ouvrière.

Aujourd'hui, son avance sur les autres est impossible à combler. Rima s'applique, étale la colle sur le bord, sans dépasser, enroule le morceau de tissu autour du bâtonnet en plastique, frappe d'un coup sec et dépose l'objet dans le carton. Elle suppose que c'est un jouet. Il y en a toute une série, des bleu et blanc avec des étoiles, des jaune et vert avec des ronds et des losanges, des noirs, des rouges, multicolores.

Elle se demande quelles sont les règles de ce jeu, combien de participants pour engager une partie ? Faut-il lancer un dé ? Elle aimerait tant savoir où vont les choses qu'elle fabrique. Le soir, elle rêve de se glisser dans l'un des cartons et qu'on l'emmène loin d'ici. Traverser les mers, rencontrer l'amour, porter un pantalon peut-être. Certaines filles le peuvent, elle l'a vu sur l'écran d'une télévision en ville une fois, tandis qu'elle accompagnait son père vendre le fruit de la récolte au marché de Peshawar.

Son frère était malade, le père n'était pas en mesure de tout porter. Il lui avait ordonné de ranger les caisses à l'arrière de la charrette. Un clou dépassait, qui avait percé sa paume. Elle avait hurlé de douleur. Son père avait ramassé de la paille par terre et lui avait enfoncé les brindilles dans la bouche pour qu'elle se taise. Elle avait passé le trajet à l'arrière, au milieu des marchandises. Elle ne valait pas plus, elle était à sa place. Son père parcourait le même chemin que celui qu'elle empruntait pour se rendre au travail. Sans la brûlure sous les pieds.

Arrivés au marché, ils avaient déchargé le blé et le lait en silence, avant de repartir. Le père s'était arrêté dans un petit commerce pour acheter du tabac. Sur l'écran, derrière la caisse, défilaient des images sur une chanson gaie, dans une langue qu'elle ne connaissait pas. Une femme blonde portait un pantalon très serré. Sa poitrine, énorme, débordait d'un T-shirt rose. Ses longs cheveux volaient, emportés par le vent. À l'observer, Rima s'était sentie flotter un instant. En songe, elle avait rejoint cette femme dans son paradis. Jusqu'à ce que son père la tire par l'arrière de son voile, manquant l'étrangler. Cette chanteuse était le diable, la regarder était un péché pour lequel Rima méritait d'être punie.

Il lui avait demandé de l'attendre sans bouger, le temps de s'entretenir avec des hommes au coin de la rue. Ils l'observaient tous de loin. Rima ne savait pas si elle devait se cacher ou simplement baisser la tête. Elle craignait la réaction de son père dans un cas comme dans l'autre. Avec lui, les filles n'étaient jamais assez pudiques, jamais assez discrètes ni serviables. Pour se cacher, il fallait reculer, ce qui impliquait de bouger. En baissant la tête, elle obéissait, mais peut-être n'était-ce pas suffisant. Comment savoir ? Impossible de demander. Il ne fallait jamais s'adresser aux hommes, même pour être certaine d'obéir correctement.

En revenant, le père arborait une expression étrange. Le regard perdu derrière les montagnes, il en avait oublié de la punir. Allah, dans sa miséricorde, avait eu pitié d'elle. Ils étaient rentrés en silence. Adossée aux caisses vides que les trous sur la route malmenaient, Rima plissait les paupières, pour se souvenir de la chanteuse sur l'écran de télévision. Pouvait-on être punie pour une image dans la tête ?

Cette femme était-elle aussi belle que Rima l'avait imaginé ? Avait-on le droit, d'ailleurs, de considérer le corps dénudé d'une femme comme beau ? Comment cette chanteuse avait-elle pu réaliser l'exploit de se montrer ainsi ? N'avait-elle pas de père ? De frère pour l'aider à préserver sa vertu ? Le pantalon demeurait un vêtement magnifique, quelles que soient les réserves imposées par la décence, mais aucun habit ne valait la peine de provoquer le courroux des hommes qui veillaient au respect de Dieu. Elle ferait mieux d'arrêter d'y penser et de se concentrer sur le seul rêve qui ait une réelle importance. Un rêve que Rima choyait en elle depuis plusieurs étés, pour lequel elle était prête à tout : savoir lire. Aucune femme n'en était capable dans sa famille, ni nulle part ailleurs. Seuls quatre hommes de sa connaissance avaient obtenu le privilège d'apprendre. Autant dire que c'était impossible. Mais un jour, elle, Rima Noor Parveen, lirait un roman. Seule. Elle se l'était promis.

Taj, le surveillant de l'usine, siffle pour annoncer la fin du labeur, l'extirpant de ses songes. Dix heures que les filles sont là sans pouvoir se lever, à coller des morceaux de tissu sur des bâtonnets. L'odeur de colle est insupportable, les yeux ont rougi, les nez coulent. Il y a sur leurs visages comme une ombre de poussière. Taj félicite Rima, et lui donne les pains. Les autres sont jalouses.

Rima ne relève ni les remarques ni les félicitations hypocrites. Elle se dépêche de rentrer. Parfois, la jalousie rend fou. Certaines l'ont payé de leur vie. Ses plantes de pied semelles glissent sur la terre tant elle se hâte.

À la maison, elle s'empresse de déposer le pain sur la table. Elle a couru les derniers kilomètres pour ne pas être en retard. Les hommes entament à peine leur repas. Les frères ne parlent pas. Ils ne lèvent pas la tête de leur soupe. Rima recule en silence pour se rendre à la cuisine avec sa mère et ses sœurs.

— Reste, ordonne son père.

Un frisson la parcourt. Jamais il ne lui parle.

— Qu'est-ce que c'est ?

Il saisit une mèche de cheveux qui dépasse de son voile. Elle n'a pas fait attention, celle-ci a dû glisser en chemin, se justifie-t-elle. Le père ne la laisse pas terminer. Il lui assène un coup de pied à l'arrière du mollet. Ne rien dire. Ne pas s'opposer. Elle plie sous les coups. Bientôt, il la plaque contre le sol. Ses frères la tabassent à leur tour. Elle ne respire plus. Elle est ici et ailleurs. Partout et nulle part. Elle n'est que douleur. Alors son père écrase son visage de son pied. Il écrase le nez, les joues de Rima sous sa chaussure de cuir et la met en garde : il lui cherche un mari, il a fait une demande spéciale qui pourrait bien aboutir. Si Rima met en péril cette opportunité par son manque de pudeur, le père la tuera de ses mains.

Elle gît, étendue par terre. Sa mère l'aide à se relever. Il ne faut pas rester dans la ligne de mire des hommes, la colère perturbe la digestion. Rima se redresse en s'appuyant contre le mur. Chaque geste est une torture. Elle sent son œil gonfler. Elle ne peut plus ouvrir la bouche. Deux de ses sœurs glissent une couverture sur le sol pour l'asseoir, une autre applique un peu d'eau pour nettoyer les plaies où se mélangent le sang et la poussière. Elles se taisent toutes. Soudain, la mère la gifle du plat de la main. Sur sa mâchoire abîmée. Rima crache un morceau de dent.

Elle doit faire attention. La famille a besoin de son mariage. On ne lui pardonnera pas le déshonneur.

La croix imaginaire

Paris, 14 novembre 2014

Isaias frotte son front. La graisse colle. Elle semble accrochée à chaque pore, avoir pénétré chaque cellule de son corps. Il se demande si, un jour, il sera enfin propre. Il ne supporte plus son odeur, la pellicule noirâtre sur sa peau, les liserés gris sombre sous ses ongles.

Désormais, l'eau de la fontaine du square est trop froide, elle ne s'écoule plus assez. Les bains publics sont débordés. La semaine prochaine peut-être, il pourra prendre une douche. S'il fait vite. Et s'il a assez d'argent. Avec l'association, le bain est gratuit, mais sans argent il n'y a jamais de cabine libre.

Tout se paie dans ce monde. La gratuité plus que le reste. En attendant, pas d'eau. Pas de savon. Pas de linge propre. Alors, chaque jour, il frotte à s'en décoller la peau. Il frotte ses joues jusqu'au sang. Il arrache la crasse. Seigneur, ce qu'il pue ! Il a tellement honte de frôler les gens dans la rue. Il ne prend plus le métro, surtout pas le bus. Les voyageurs qui se bouchent le nez, qui se déplacent sur son passage le rendent malade. Ses vêtements grattent, ses chaussettes élimées adhèrent à ses pieds par endroits.

Dormir sous la tente, à même le sol, il supporte. Il a vu pire. L'haleine de Saleh et Abraham quand ils se réveillent l'écœure, mais il préfère ne pas être seul dans son abri de fortune. Leur haleine… C'est au-delà de la pourriture. Un mélange de rance et de peur. Il paraît que l'odeur de la bouche traduit notre état. Quand on lutte contre la jalousie, la violence ou qu'on laisse éclater l'amour en soi, on dégage un souffle différent, qui charrie nos émotions. Nos humeurs, paraît-il, sont avant tout physiologiques. C'est le prêtre qui lui a appris ça, le lien entre ressentir et sentir. Développer le flair pour comprendre l'autre par ce qu'il dégage. Saleh et Abraham croulent sous la terreur qui les poursuit chaque nuit. Des cauchemars effroyables. Ceux qu'Isaias subissait avant. Ils revivent leurs derniers mois. Au petit matin, ils ont l'haleine de leur drame. Et ça pue.

Isaias se demande si l'odeur de son histoire est pire. Il ne parvient pas à sentir le reflux de sa bouche. Il essaie parfois, en collant sa main sur ses lèvres. Il tente de créer un circuit fermé d'air jusqu'à ses narines. Mais l'extérieur l'emporte toujours. Ça pue trop autour. Sous la tente, partout dans le camp, sous ses bras. Ça le brûle quand il urine. Là, il ne peut plus gratter. Il a trop mal. Les autres n'y attachent pas d'importance. Ils ont faim, ils craignent la police, ils cherchent à contacter leur famille. Les urgences les empêchent de penser aux émanations de leurs corps qui pourrissent jusqu'au vent.

Tout le monde dort. Dehors, le soleil tarde à percer la nuit. Isaias serre ses mains, paume contre paume, et ferme les yeux.

Dieu éternel, bon au-delà de toute bonté, juste au-delà de toute justice, toi en qui sont la sérénité et la paix : réconcilie les divergences qui nous séparent les uns des autres, et ramène-nous à l'unité de l'amour qui peut restaurer une ressemblance de ta nature divine. Accorde-nous d'être un dans l'esprit, de trouver l'unité en nous-mêmes et entre nous, par la grâce, la miséricorde et la tendresse de ton Fils Jésus-Christ.

Il se signe et embrasse ses mains dans lesquelles, avant, il serrait sa croix. Elle est tombée quelque part près de la frontière libyenne. Depuis, il en chérit le souvenir, s'accroche à une croix imaginaire, effleure de ses lèvres le vide qu'elle a laissé au creux de sa paume.

Notre Père, qui es aux cieux,
Ne nous soumets pas à la tentation.
Nous Te remercions, ô Seigneur. Amen.

Un bruit inhabituel l'extrait de sa prière. C'est autre chose que le métro, les passants pressés ou les clochards qui dessoûlent au petit matin. Autre chose que les employés des restaurants qui balancent leurs seaux d'eau souillée dans leur direction. Isaias fait doucement glisser la fermeture Éclair de sa tente. Aussitôt, les phares des voitures du boulevard de La Chapelle l'aveuglent. Il n'a plus de lunettes. Il ne se souvient plus à quel moment elles sont tombées, elles aussi, sur le chemin de l'exil.

— Vous êtes Isaias ?

Une femme, petite, blonde, un gobelet de café fumant à la main, se tient devant lui.

— Je suis Clémence, bénévole à Médecins sans frontières.

Elle lui parle dans un anglais parfait, teinté d'un léger accent français. C'est charmant.

— Tenez, un café. J'ai un service à vous demander.

Isaias saisit le gobelet en prenant soin de ne pas effleurer ne serait-ce qu'un doigt de Clémence. Il pense à l'odeur qui se dégage de lui, au gras sur ses mains.

— J'ai du sucre, si vous voulez.

Isaias hoche la tête. Il se dit que le café couvrira son haleine. Il ne parlera pas avant de l'avoir bu. Pourtant, il déteste le café.

Clémence se présente. Elle est journaliste de formation. Elle s'est engagée auprès de MSF pour médiatiser la cause des migrants. Il faut que les gens sachent, insiste-t-elle. Clémence révèle son objectif : faire changer l'opinion et lever des fonds. Elle a une occasion en or, un ami à *Libération* qui serait d'accord pour publier trois portraits qu'elle dresserait. Une femme, un homme, un enfant, mais surtout trois drames déchirants. Elle n'a pas le droit de se planter. *Libération* ! On ne lui redonnera pas de sitôt une chance pareille.

Comme si elle craignait qu'Isaias n'ait pas compris, elle répète son monologue d'un ton qui se veut plus convaincant encore. Puis elle le regarde, les larmes aux yeux, comme s'il se mourait dans le caniveau.

— Mes portraits ne doivent laisser aucun choix, aucune hésitation au lecteur sur sa culpabilité. Il doit comprendre qu'il est temps d'inverser les oppressions. Payer pour le passé. Sans l'idéologie sanguinaire et méprisante de cet Occident décadent, il n'y aurait pas de migrants. Je veux que les gens lisent et qu'ils ne s'en remettent pas. Qu'ils aient honte de fermer les yeux dans leur voiture quand ils roulent près des campements, qu'ils aient honte de se boucher le nez quand ils croisent un autre être humain d'une couleur du Sud !

Isaias se demande si elle a ajouté cette dernière phrase pour lui. Il avale le café à grandes gorgées. Clémence semble ne pas remarquer qu'il s'est brûlé. Elle s'énerve de plus belle. Pour elle, l'Europe s'humilie en humiliant ceux qui fuient la terreur ! Il faut que ces histoires soient sues ! Les guerres, les conflits sont le résultat de la colonisation, de l'impérialisme européen avant tout. Elle en veut à ses parents, ses grands-parents et leurs parents avant eux. Tous coupables. Elle insiste sur l'aveuglement de sa société qui s'enfonce, elle parle de la terre qui se venge qu'on ait osé penser la posséder.

— Une frontière est par définition absurde ! s'emporte-t-elle tout en remplissant de nouveau le gobelet de café d'Isaias. Bref, j'ai déjà trouvé un mineur non accompagné qui a vu sa mère se noyer, une jeune Soudanaise violée et battue durant six mois avant d'avoir été laissée pour morte. On m'a dit que, vous, vous aviez tenté neuf fois la traversée de la Méditerranée avant d'y parvenir, que vous aviez été emprisonné dans un de ces hangars libyens de Bani Walid pendant deux ans. C'est vrai ?

Isaias acquiesce, surpris que cette inconnue en sache autant à son sujet.

— Et vous seriez d'accord pour me raconter tout en détail, même le très glauque ? On a besoin de créer l'électrochoc, vous comprenez ?

Clémence n'est pas la première à demander ce genre de « service ». Le bruit courait depuis quelques jours qu'on allait les solliciter. Les associations ont besoin d'argent pour les aider tous, personne ne donne sans comprendre. Sur le fond, il est d'accord pour servir la cause, adhérer à ce système. Mais raconter fait trop mal. Il a laissé les souvenirs – les bons, les mauvais – de l'autre côté de la mer. Il s'est promis de ne plus y toucher. Son avenir appartient à Dieu. Il ignore pourquoi il a survécu, pourquoi tant d'autres ont succombé aux tortures, pourquoi il est né là-bas, pourquoi la vie lui a imposé ce chemin semé de tristesse et d'effroi. Il ne veut plus chercher les réponses. Il est enfin en paix avec l'absence de logique, de justice. Tout ce qu'il souhaite, c'est rester en Europe, et sentir bon.

— Isaias, je sais que ce n'est pas facile, ce que je vous demande. Pardon, je suis peut-être un peu brusque, mais je ne supporte plus cette misère !

Isaias sourit. Clémence a besoin de lui. Quand elle insiste, son petit nez aux narines étroites de Française se retrousse. Un mouvement subtil, si élégant. C'est probablement cela qu'on nomme ici le « nez en trompette ». Son visage s'empourpre quand elle déclame son argumentaire si bien rodé. Elle est probablement convaincue de chacun de ses mots. Si charmant.

Isaias ne va assurément pas sauver des Noirs comme lui, pauvres et perdus, en se livrant à l'apprentie journaliste, mais il sauvera peut-être une Blanche de sa crise existentielle. Dieu lui a appris à ne pas faire de différences selon les couleurs. Sauver, c'est sauver.

Il est d'accord pour en discuter. Pas maintenant, là il doit partir vite récupérer la marchandise du jour. Quand on arrive en retard, il ne reste que le fond des cageots, la came abîmée, invendable, même à prix cassé.

Il accepte de revoir Clémence.

Peut-être.

Il doit réfléchir.

Dans un café avec une terrasse, pour rester dehors.

L'enfant choisi

Port de Marseille, 16 novembre 2014

Jin monte sur le pont du bateau. Il faudra vernir les lattes. Trop de pluie, ces derniers mois. Il tire sur sa cigarette, ferme les yeux et laisse le vent gifler ses joues. Il aime tant la Méditerranée. Les vagues fouettent la coque. Le cordage cogne sur le mât. Jin reconnaît les flots d'ici. Il sait distinguer chaque mer, chaque océan au rythme des vagues, à la densité des eaux, leur teneur en sel. Un savoir acquis à force d'errer et de se perdre. Il ne peut refréner un sourire. Il a découvert cette partie du globe si tard dans sa vie. Enfant, il ignorait jusqu'à l'existence de tout ce qui n'était pas directement accessible à pied.

Il recrache la fumée et lèche ses lèvres. Savoure leur goût iodé qui l'émerveille. Le sel sur les lèvres, c'est la liberté.

Il n'en revient pas d'être là.

Sur ce pont.

Accueilli par la Grande Bleue.

Vers les docks où le poids et l'ennui
Me courbent le dos
Ils arrivent le ventre alourdi
De fruits, les bateaux
Ils viennent du bout du monde
Apportant avec eux
Des idées vagabondes
Aux reflets de ciels bleus
De mirages

La côte mange le ciel à l'horizon. Marseille. Jin peine encore à prononcer le « r ». Le français le fascine. Pourtant, à l'école, il s'ennuyait. Le souvenir du peu de temps que son père l'a autorisé à étudier le laisse amer. Pourquoi punit-on les enfants qui s'ennuient en classe ? Pourquoi les humilier ? Lorsqu'il a entendu la chanson d'Aznavour, il a aussitôt ressenti un amour infini pour cette mélodie. Il a cherché les paroles sur Internet, les a traduites en ligne. Quand il a compris, il s'est reconnu.

Il a tout écouté de ce chanteur. Comment cet homme, né en France de parents réfugiés arméniens il y a quatre-vingt-dix ans, a-t-il pu décrire avec tant de justesse sa vie à lui, Jin, fils de paysans du Wuyuan ?

Le jeune homme fredonne la mélodie de ce qui est devenu son hymne. Le même élan l'envahit à chaque escale en France.

Je perds la notion des choses
Et soudain ma pensée
M'enlève et me dépose

Un merveilleux été
Sur la grève

Jin n'est plus certain du nombre d'années qui le séparent du dernier jour passé avec sa famille. Il revoit son père, démuni, si abasourdi par le choc qu'il en était forcé de se retenir au bord de la table du salon pour ne pas tomber. Jin venait de l'informer qu'il quittait la campagne, qu'il ne travaillerait pas aux champs avec lui. Cette existence de labeur à marcher dans la boue, à tourner en rond de la maison aux récoltes, des récoltes au lit, à obéir à un gouvernement plus déchirant que l'éclair dans le ciel, ce n'était pas pour lui.

Il ne voulait pas mourir.

Et ne pas choisir sa vie signifiait la mort.

Il avait mis sa mère dans la confidence, la veille. Il désirait qu'elle soit prête, qu'elle se protège face à la colère de son mari.

Je fuirai laissant là mon passé
Sans aucun remords
Sans bagage et le cœur libéré
En chantant très fort

Il se demande si le chien est mort.

Sûrement. Il n'a jamais reçu de réponses à ses lettres. Où ses parents auraient-ils pu lui écrire ? Depuis sept ans, Jin n'a pas d'adresse ni de bateau fixe. Il a fui pour ne pas disparaître, pourtant il n'existe nulle part. Est-ce cela, être vivant ?

Il chasse aussitôt cette pensée. Le sentimentalisme est une faiblesse dans ce monde. Il connaît la règle. Se faufiler. Ne pas laisser de trace. De prise. La seule condition à la paix. Il avait conscience des conséquences de ses choix. Et si c'était à refaire, il recommencerait.

Il tapote sur son mégot, balaie les cendres tombées sur sa veste. Aspire la nicotine comme si chaque bouffée pouvait anesthésier la douleur.

Chaque fois qu'il accoste, le pincement l'assaille. Juste au-dessous de la poitrine. À gauche. Sitôt qu'il aperçoit la terre, l'espace d'un instant, il lui semble rentrer chez lui. Quelque chose lâche. Une étincelle d'euphorie. Revoir ses parents. Les serrer tous les deux dans ses bras…

Puis c'est la chute.

Des milliers de kilomètres le séparent de ceux pour qui il est quelqu'un, ceux pour qui il a un nom. Personne ne l'attend à Marseille. Une cargaison, voilà tout.

Emmenez-moi au bout de la terre
Emmenez-moi au pays des merveilles
Il me semble que la misère
Serait moins pénible au soleil…

Il crache dans l'eau. Il est ridicule. Il paiera sa dette envers eux. Il obtiendra le pardon de son père de l'avoir laissé seul à la ferme. Bientôt, il aura de quoi leur acheter une maison.

Bientôt, il ira les chercher.

Peu lui importe ce qu'il vend si ça lui permet d'atteindre plus tôt son but. L'argent. Et vite. C'est tout ce qui compte.

Tous les trois, ensemble, ils gagneront la Grèce où ils s'émerveilleront des couleurs des îles, du bleu de la mer et du ciel. En Chine, il n'y avait plus de bleu. Le ciel était gris. Le sol marron, les maisons sales, les vêtements tachés. En Europe, il a découvert les couleurs franches. Avec elles, les idées claires.

Il a trouvé la bicoque blanche qu'il achètera bientôt, à flanc de montagne. Il a trouvé le bateau avec lequel il les conduira. Ils contourneront l'Afrique, feront escale en Tanzanie, au Sénégal, et gagneront Paros.

Ses parents n'auront plus à travailler.

Plus à obéir à ces fous.

Prenant la route qui mène
À mes rêves d'enfant
Sur des îles lointaines
Où rien n'est important
Que de vivre

Un enfant par famille. Pas de filles.

Comment peut-on imposer tant de cruauté ? Rester là-bas avec ces images en tête, dans ce lieu qui puait l'humiliation, ça le tuait à petit feu. Aujourd'hui encore, lorsque Jin s'allonge, espérant dormir, les mêmes scènes le poursuivent. Celles de ses huit ans. Quand la petite sœur venait de naître. Que le père l'a enveloppée d'un torchon, emmenée derrière le tas de déchets. Il y avait les hurlements de la mère et, pourtant, Jin a tout entendu.

Les deux coups de pelle sur la tête du nourrisson. La terre que le père a jetée sur elle, dans le trou, pour qu'on oublie.

Elle aussi, il l'emmènera avec eux.

Dans le jardin de sa maison en Grèce, il enterrera les restes de sa sœur.

Face à la Méditerranée.

Où le bleu relie le ciel des anges et la mer des vagabonds.

Je t'aime

Paris, 17 novembre 2014

Jeanne se rhabille. En petite culotte devant la fenêtre entrouverte, elle frissonne.

Il faisait beau pourtant. Comme un matin d'avril. Elle pense toujours que le ciel bleu dehors s'accompagnera de chaleur. Mais les hivers sont froids et l'été, jamais à l'heure. Les liens se tissent dans son esprit. Les tenues de saison et le pincement au cœur qui la happe. Elle entend au loin, dans sa mémoire, la voix de sa mère. « Avril, ne te découvre pas d'un fil… »

Elle se revoit, enfant, excitée à l'idée d'étrenner son manteau chaud de rentrée au mois d'août, ou insistant pour partir à l'école dans sa nouvelle tenue de printemps. À une époque où la mode alpaguait les femmes deux fois par an seulement, collection d'hiver et d'été. Entre les deux, des mois d'attente pour découvrir la couleur des mois suivants, les coupes, les nouvelles tendances.

En été, Jeanne trépignait à la perspective des gros pulls, en hiver, elle sentait déjà le vent frôler ses cuisses sous ses jupes achetées quelques jours plus tôt en prévision du printemps. « Mais enfin, il fait dix degrés ! Attends encore un peu ! » insistait Rosa. Aucun argument rationnel ne faisait le poids face aux premiers rayons du soleil.

Sa mère finissait par flancher, la sommant de ne pas se plaindre d'avoir eu froid, le soir en rentrant, et lui assurant qu'elle irait en classe même si elle attrapait un rhume ! Jeanne s'élançait dehors et savourait sa victoire, robe à volants rouges, ballerines légères aux pieds. Au bout de trois mètres à peine, elle ne sentait plus ses doigts transis par le vent glacé. Fichu soleil trompeur. Pourquoi s'était-elle entêtée jusqu'au point de non-retour ? Impossible de céder la moindre victoire à sa mère. Elle devrait assumer la morsure du vent traître d'avril en silence. Pire, elle se promettait de repartir, le lendemain encore, trop dévêtue, préférant renoncer à une récréation en plein air que de reconnaître son erreur. La mécanique inverse la piégeait en été où elle guettait les jours de pluie dans l'espoir d'enfiler ses cols roulés, malgré les remarques de sa mère. Peut-être même en raison des remarques de sa mère.

Toute sa vie, elle s'était opposée à Rosa, pour des bêtises qu'elle admettait volontiers face au miroir, mais jamais auprès de l'intéressée. Elle s'était souvent interrogée, depuis, sur les raisons de ce temps perdu. Un schéma familial, un héritage de maternité en conflit ? La réponse resterait en suspens. Sa mère était morte avant qu'aient eu lieu les grandes explications, la conversation d'adulte à adulte sans cesse reportée. Jeanne serait à jamais une adolescente en colère contre une femme maladroite, certes, mais éperdue d'amour et qui ne souhaitait que son bien.

Une culotte, un courant d'air et, aussitôt, les larmes qui perlent au coin de ses yeux. Jeanne n'en revient toujours pas des chemins que se fraye le chagrin. Un professeur lui avait expliqué un jour que nos pensées n'étaient pas rationnelles mais émotionnelles, la plupart du temps portées par nos sensations. Une sensation de faim, de chaud, de peur, et le tourbillon des questions sans réponse se mettait en branle pour mener aux idées noires. Celles qu'il fallait une vie entière pour abandonner.

La théorie se vérifie encore ce matin, alors qu'une belle journée semble commencer. Jeanne ploie sous le poids de cette tâche tant de fois répétée : chasser les doutes qui s'infiltrent, les interrogations qui torturent. Pourquoi avait-elle quitté la France si longtemps ? Et si elle était rentrée plus tôt ? Et si elle n'était jamais partie ? Et si elle n'avait pas pris ce bus à Tel Aviv ? Et si, et si, et si… Deux mots, quatre lettres qui lui rendent la vie impossible depuis ce printemps 2007 où Léon lui a téléphoné pour qu'elle rentre en urgence enterrer sa maman.

— J'y vais, lance-t-elle à Tariq, qui la retient.

— Pourquoi ?

Tariq sait que Nina a dormi chez son grand-père, que Jeanne ne travaille pas ce matin, qu'elle n'a aucune obligation. Il caresse la cicatrice sur son ventre, celles sur son flanc droit, interrompt le trajet de ses doigts sur la plus large d'entre elles, la cicatrice entre les omoplates de la femme qu'il aime. Tariq devine avant Jeanne où les idées noires vont la conduire. Soleil d'hiver, sa mère ; sa mère, la mort ; la mort, l'attentat. Il sait que Jeanne va partir parce que, lorsque le souffle lui manque face aux souvenirs du carnage, elle a besoin d'être seule. Aucun regard, aucune main tendue, aucune pitié. La solitude absolue contre la désolation absolue. Car rien ni personne n'est à la hauteur du choc.

Rien ni personne ne doit se substituer au choc.

Rien ni personne ne doit atténuer la responsabilité des bourreaux.

Elle s'en veut de le laisser. Ils ont si peu d'occasions d'être ensemble, sans que la vie leur oppose un conflit inutile. Quand ils sont tous les deux, que plus rien n'existe à part eux, tout est possible. Il suffit de ne pas aborder le sujet. Leur sujet.

La suite à donner à cette histoire.

Bientôt deux ans que dure ce flou. L'ancrage intense dans des moments passionnés, ce partage de tendresse, ces parenthèses où l'existence devient magique, où plus rien ne manque, où être l'un avec l'autre suffit à donner du sens au reste. Et puis la réalité qui s'abat, l'encre noire qui salit le rose de ce rêve.

À l'hôpital, dans leurs services respectifs, tout le monde « sait » et personne ne commente. Ils sont adultes, consentants, ils sont dans leur droit. Mais le fait qu'ils soient collègues n'est pas réellement ce qui gêne. Ils voudraient en rire parfois, que le monde en soit encore là.

Pourtant, Tariq n'a qu'à imaginer leur mariage pour se renfermer. L'amour peut-il suffire à lutter contre des siècles d'histoire, de batailles et d'idées reçues ? Il imagine les réactions de ses collègues catholiques qui s'étonneront, de ses collègues athées qui feindront que rien n'est étonnant, de ses collègues musulmans qui aiment Jeanne, se fichent de son judaïsme la majeure partie du temps, mais tiqueront quand même. Exactement comme les collègues juifs amis de Jeanne, quoi qu'ils en disent. Parce que, en général, les juifs ne détestent pas les musulmans comme les musulmans ne détestent pas les juifs… tant que chacun reste chez soi. Et autour, tout le monde semble entretenir cette limite. Parce que la paix effraie. Que d'ennui dans une vie sans combats ! Alors qu'il est si distrayant de regarder les Juifs et les Arabes se foutre sur la gueule. Ça évite de se remettre en question, aussi.

Juifs, Arabes ; Arabes, Juifs. Petit, Tariq appelait ça le « mur imaginaire ». Comme une clôture électrique qu'on ne voit pas, mais qui adresse une décharge à qui tente de la franchir. Des décharges de grimaces, de visages qui jugent, de lapsus et autres critiques silencieuses.

Parfois, Tariq en veut à sa famille d'être si différente de la masse. Il en veut à son père d'être un immigré pauvre, ancien ouvrier, maîtrisant si peu le français, et d'être malgré ce cliché un homme capable d'une humanité sans faille, à la recherche constante de la justesse, l'incarnation de la tolérance. Il en veut à sa mère d'être cette vieille femme drapée dans un voile qui ne sort de sa cuisine que pour mettre la table, servir son mari puis ses enfants, et qui est encore amoureuse de son époux, qui respecte chaque être vivant, incapable même d'écraser un moustique parce que toute création du Miséricordieux mérite la vie.

Tariq sait combien, chez lui comme ailleurs, les communautés sont des prisons. Il sait à quel point, avec les quelques cousins éloignés encore au bled, aborder la guerre civile algérienne s'apparente à un affront. Comme valoriser la France, défendre la laïcité signifie trahir. Comme accuser le terrorisme islamiste qui a tant tué de frères et de sœurs, de parents et de bébés qu'on aimait, est passible de conflits sans retour. Pourquoi tant de contradictions ? Que risque-t-on à dénoncer ceux qui travestissent une religion en arme de guerre ? En quoi est-ce trahir que de se détacher de ceux qui ne nous ressemblent pas et nous détestent ? Comment des noms de famille similaires ou presque pourraient-ils suffire à faire oublier l'odeur du sang, le bruit de la haine, des gorges qu'on tranche et des crânes qu'on piétine ?

Les parents de Tariq l'ont baigné de leurs traditions, de leur culture algérienne, de l'islam qui a guidé leur vie. Et, précisément en vertu de ces préceptes, du respect de l'humain placé en absolue priorité, ils ont forgé l'âme de leur fils pour rendre son union avec une juive possible. Ils l'ont façonné en homme uniquement sensible à l'humanité de l'autre.

Avant tout le reste.

Et donc en homme trop souvent inadapté à cette haine.

Oui, il leur en veut à tous les deux, de l'avoir rendu hermétique à la facilité, aux idéologies qui classent les êtres.

Il y a eux. Les siens. Avec qui tout est simple, car ils parlent ensemble le langage des mots qui élèvent, qui illuminent. Et puis il y a les autres, qui leur renvoient toujours, tôt ou tard, un rôle qu'ils refusent d'endosser, une justification qu'en réalité ils n'ont pas à fournir. L'Arabe. La Juive. Le mur invisible.

Quel avenir, alors ? Tariq imagine Jeanne dans une robe blanche. Mais où ? À la synagogue ? À la mosquée ? Faut-il choisir ? Ou tout renier ? Un amour qu'on ne clame pas peut-il s'épanouir ?

Jeanne se rassure comme elle peut. Pour elle, la situation est moins grave, affirme-t-elle. Elle a déjà Nina. Elle a déjà été mariée. Les délires de petite princesse sont derrière elle, pense-t-elle. Pourtant, là encore, elle se ment. Personne n'atteint jamais son quota de joie, et le passé heureux peine à nourrir indéfiniment le présent.

Le mois dernier, elle a inventé une histoire stupide pour se rendre seule à la circoncision du nouveau-né de sa cousine. La famille n'aurait pas compris, assurait-elle.

En réalité, Jeanne repousse sans cesse la confrontation avec les autres. Toujours ces autres qui ne comptent pas mais qui brisent les rêves différents de la norme.

Comment deux personnes si semblables, si parfaites l'une pour l'autre continuent-elles de laisser le mur s'ériger entre elles et leur bonheur possible ?

Mais Tariq n'abordera pas le sujet aujourd'hui.

Jeanne non plus.

— Je dois y aller, mon amour.

— D'accord, mon amour.

Elle s'approche, dépose un baiser sur ses lèvres.

— Tu trembles ?

— C'est le froid.

Il sourit. Quand il sourit comme ça, elle manque de se dissoudre. Un souffle qui l'aspire, une vague qui s'écrase sur ses peurs, qui s'écrase sur sa faiblesse.

— On se voit demain à l'hôpital, dit-il en lui rendant son baiser.

— Je t'aime, Tariq Mourad Soualem.

— Moi aussi, Jeanne Sarah Rottenberg dite Rougemont.

On dirait le Sud

Paris, 20 novembre 2014

Clémence est installée en terrasse. Isaias la rejoint.

Hier, il s'est lavé. Il n'a pas pu travailler. Deux heures d'attente pour quelques minutes sous le jet d'eau chaude. Il n'y avait plus de marchandises à vendre lorsqu'il est arrivé au « bureau ». Les autres avaient tout pris. Mais au moins il sentait bon. Rien que pour le bonheur de renifler son bras, de pouvoir observer la véritable couleur de sa peau sans les couches de graisse sale, ça valait la peine.

Lorsqu'il étudiait les mathématiques, en Érythrée, il était fasciné par les univers parallèles. À chaque nouvelle leçon, il fallait se fondre dans un monde répondant à des règles spécifiques. Découvrir les codes d'une société d'algèbre ou d'arithmétique, les faire siens pour pouvoir jongler, penser et, enfin, y glisser un peu de soi. Pour être entendu, il était d'abord nécessaire de s'assimiler.

Depuis le collège, ses professeurs lui avaient enseigné qu'un nombre au carré était nécessairement positif. Que -2 au carré tout comme 2 au carré feraient toujours 4. Puis ces mêmes enseignants lui avaient appris quelques années plus tard que, dans le monde des nombres dits complexes, i au carré valait -1. Il avait fallu digérer la trahison, s'adapter au chamboulement face à l'effondrement d'un repère absolu. Une lettre pouvait être un nombre et un carré pouvait être négatif.

Les révolutions avaient continué au lycée avec l'approche des probabilités, puis à l'université avec les matrices, les équations où des lignes entières de lettres grecques se multipliant, se divisant en suites numériques à l'infini aboutissaient à un résultat simple. Un simple chiffre. La métaphore parfaite de notre inclination à tout compliquer pour parvenir à ce qui était déjà là, dans sa pureté claire et parfaite. À moins qu'il faille passer par des chemins sinueux pour apprécier cette simplicité des origines ?

Avec les mathématiques, il avait appris que les sens étaient trompeurs, qu'une ligne cachait parfois un rectangle, que le temps n'existait pas, que le passé était une formule mathématique du présent et du futur, qu'il suffisait d'intégrer une fonction pour voyager dans l'espace et la chronologie.

Chaque nouveau chapitre de son apprentissage sonnait comme un défi : saurait-il retrouver ses marques encore une fois ? Encore une fois, oublier les règles d'avant, assimiler des notions étrangères, contradictoires, et en cela bouleversantes ? L'excitation s'emparait de lui jusqu'à l'empêcher de dormir. Il fallait qu'il apprenne, qu'il s'entraîne. Explorateur solitaire face à ses livres, installé sur le coin de la petite table à manger, sous la lampe à pétrole, il partait à la conquête d'un nouveau territoire de connaissances.

Cesarina, sa mère, se moquait de lui avec tendresse. Pour elle, tout ça n'existait que « dans sa tête ». Les mathématiques, les formules, les beaux discours sur le temps, c'était joli, mais au fond la vie se résumait en trois cases à cocher : un endroit où dormir, de quoi nourrir ses enfants et rester digne. Les besoins primaires ne rabaissaient pas l'homme, ils étaient sa boussole.

Isaias était parti depuis trois ans, neuf mois, sept jours et cinq heures.

Aucune formule ne lui permettrait de revenir en arrière pour serrer, ne serait-ce qu'un instant, sa mère dans ses bras. La complexité avait disparu au profit de l'urgence. Il aurait voulu montrer à Cesarina qu'il avait enfin compris la leçon, qu'il était sorti « de sa tête ». Ou plutôt que le danger l'en avait extirpé de force. Il ne résolvait plus d'équations mentales le soir pour s'endormir, il vérifiait qu'il avait bien accroché ses chaussures à son poignet pour ne pas qu'on les lui vole. Manger, dormir. Il n'y avait plus de place pour autre chose.

Alors, quand il parvenait à se laver, il pensait à sa petite maman. Il aurait tant aimé lui montrer qu'il avait coché la troisième case, celle de la dignité. Il était de nouveau son garçon chéri, impeccable, qu'elle traînait fièrement à l'église le dimanche. Celui qu'elle choyait des heures, reniflant son cou qui, d'après elle, dégageait le meilleur parfum de la Création. Pour le réveiller le matin, elle murmurait au creux de son oreille qu'il était sa raison de vivre, son « grand espoir », qu'il ferait « de grandes choses ». Isaias. Elle l'avait nommé ainsi pour qu'il n'oublie jamais sa mission ici-bas, qu'il n'oublie jamais l'empreinte du Seigneur en lui. Isaias venait du prénom hébreu Yeshayahu et signifiait « Dieu est le salut ». Et il était son Dieu, à elle.

Elle avait refusé de le suivre. Leur continent, selon elle, piégeait les femmes. Tôt ou tard, elle deviendrait un poids mort sur sa route. Elle avait engendré ce fils pour qu'il soit sa lumière, qu'il mène la vie qu'elle ne pourrait jamais mener. Son rôle de mère consistait désormais à le laisser s'éloigner pour devenir celui qu'il était. Elle lui avait assuré préférer souffrir de son absence, cesser de manger pour dormir plus et rêver de lui, tant que le sacrifice d'un quotidien avec son enfant tant aimé assurerait à ce dernier un brillant avenir. Un destin à sa hauteur. Isaias. Il ne devait jamais oublier son nom.

Isaias s'était farouchement opposé à fuir sans elle. Mais à force d'arguments mûris, de détermination sans faille, fruits d'un chemin solide de réflexions et de prières, Cesarina était parvenue à convaincre son fils. Les chiffres, les faits étaient implacables. Sur les terres qu'ils devraient traverser, les hommes n'aimaient pas les femmes. Partout, elles étaient mutilées, asservies, violées, vendues. Quel espoir de remonter ce continent sans fracas pour une vieille boiteuse au cœur fragile ? Partir revenait à s'offrir. Sans lignée familiale pour la défendre, sans ancrage quelque part, elle deviendrait une proie. L'avenir pour elle en pays hostile se limiterait à deux voies : mourir ou se muer en gardienne des prisons de fillettes.

Or elle refuserait toujours de porter la lame maudite. De faire partie de celles qui tiennent les mains des petites pour qu'une autre découpe la chair du plaisir entre leurs jambes. Pour Cesarina, trop de femmes se pliaient à ce rôle de ténèbres.

Chez elle, on la respectait. Personne n'insistait plus. Loin d'ici, pour espérer survivre, elle n'aurait d'autre choix que de se soumettre aux lois des plus forts. Une option qui ruinerait une existence entière à incarner le bien dicté par le Seigneur. Cesarina préférait le salut à la fausse liberté. C'était ainsi. Injuste mais honnête. Isaias le comprenait.

Où était-elle à présent ? Pensait-elle encore à lui ? L'avait-il déçue autant qu'il se décevait lui-même ? Un clochard, un vendeur de pacotilles, un sans-papiers. Il valait mieux finalement que Cesarina ne sache pas à quel point elle s'était trompée en misant sur lui.

— Ça va, Isaias ?

Clémence le sort soudain de sa torpeur. Le voici de nouveau sur un trottoir parisien, gris et trempé de pluie.

— Bien, merci, et toi ?

— Nickel.

Elle lui tend un menu.

— Tu peux commander ce que tu veux, c'est nous qui payons.

Elle lui traduit la carte.

— Je te remercie, je n'ai pas faim, la coupe-t-il sans parvenir à refréner la pointe d'énervement qu'il sent monter.

Clémence voit en lui un argument, la justification d'une revendication. Elle ne le voit pas *lui*. Il se doute qu'elle est sincère, c'est bien la raison pour laquelle il a accepté de venir au rendez-vous. Mais des comme elle, il en a croisé des centaines depuis que son exil a commencé. Il sait aussi quel genre d'individus pilotent ces ONG, les enjeux politiques derrière.

Il a côtoyé des membres de Médecins sans frontières, de la Croix-Rouge et toute la clique. De plus en plus de communicants, de moins en moins de soignants. Côté nord, ils dénoncent les camps de réfugiés ; côté sud, ils les maintiennent. Parce que les fermer supprimerait leurs emplois et, avec, cette aura que leur action leur confère dans leur petit monde où la misère est une masse informe, où être pauvre signifie être innocent, où être victime d'une politique vous rend intouchable et où dénoncer suffit souvent à se sentir supérieur.

Sur le premier bateau, Isaias était assis à côté de Stanley. Ils étaient à l'école primaire ensemble. Un hasard incroyable. Sur les centaines de milliers de migrants, se retrouver embarqué avec lui ! Stanley avait violé une fille au collège. Il avait frappé des gosses plus petits, aussi. Un connard devenu soudain une âme à secourir pour les Occidentaux, parce que l'Érythrée avait sombré. Ce monde était fou.

Pourtant, il ne va pas nier la misère qu'il subit. Pourtant, lui qui se rêvait grand mathématicien, dort dans une tente sous un pont et doit se priver de repas pendant deux jours pour avoir la possibilité de se laver dans des bains publics. Pourtant, la crise dans son pays est aussi l'héritage des siècles passés, de la manière dont le Nord s'est approprié le Sud, l'a pillé, l'a exploité. Le Sud aurait-il fait mieux sans la colonisation ? À voir ce qui se passe aujourd'hui, peut-être pas, parce que l'humain est ainsi, mû par le pouvoir. Mais cette probabilité résiduelle est le nouvel hameçon de ceux qui cherchent la guerre. De ceux qui courent après la vengeance plutôt que l'émancipation.

— Pourquoi tu t'es engagée à Médecins sans frontières ?

— Parce que j'ai honte de ce que mon peuple a fait au tien.

— Tu es italienne ?

— Non.

— Anglaise ?

— Non, pourquoi ?

— Tu n'es pas éthiopienne quand même ?

— Non.

— De quel peuple parles-tu, alors ? Ce sont les seuls impliqués dans notre crise.

Clémence hésite un instant.

— De l'Occident. La colonisation est un crime contre l'humanité. Je me battrai pour que nos bourreaux paient.

Isaias ne sait quoi répondre. Ils habitent deux mondes parallèles. Clémence est « dans sa tête », comme dirait Cesarina. Des grandes idées d'Occidentale qui a grandi dans un lit douillet. Elle explique bientôt son aversion pour les États-Unis qui humilient les musulmans, les sionistes qui massacrent les Palestiniens au mépris des résolutions de l'ONU. Ce monde d'hier va basculer, affirme-t-elle, elle en fait le serment. Isaias ne comprend pas très bien où se situe la vocation médicale dans cet engagement de MSF.

Mais Clémence est jolie. Sa peau est si blanche. La fougue qui l'anime semble authentique. Elle pense ce qu'elle dit. Le cynisme n'a pas encore grignoté la fraîcheur de sa révolte. Isaias veut l'aider pour ce dossier qu'elle écrit. Elle lui a expliqué l'enjeu, l'attente des lecteurs, le besoin de mettre des visages sur les faits, des histoires vraies au cœur des rapports. *L'Humanité*, *Le Monde* et beaucoup d'autres titres relaieront peut-être son article après *Libération*. Avec des témoignages poignants, elle lance sa carrière. Alors elle pourra dénoncer tout ce qui doit l'être et « faire bouger les lignes ».

— Que veux-tu savoir, Clémence ?

— Tout. Ce qui t'a poussé à partir. Comment tu es arrivé là. De quoi tu vis. Et quels sont tes rêves désormais.

Ses rêves…

Rêve-t-il encore ?

Une lune de miel

Peshawar, Pakistan, 18 décembre 2014

Il arrive !

Samra s'agite. De colère, elle claque les joues de ses filles, les unes après les autres, pour que le pain soit cuit à temps, que les cruches soient remplies d'eau, que le sol soit propre. Elle vérifie les voiles, les robes, les regards. Les filles doivent être transparentes, baisser les yeux. Tout doit être parfait. Le futur époux de Rima vient la chercher.

Rima est ailleurs. Depuis l'aube, il lui semble vivre en dehors du temps, de son corps. Un étrange pressentiment. La nuit dernière, elle a rêvé qu'elle mourait. Elle se voyait, allongée sur un brancard, et une voix lui soufflait de choisir si elle voulait respirer encore ou s'arrêter. Là, elle décidait d'en finir, et sentait peu à peu son pouls ralentir puis la lumière s'intensifier autour d'elle.

Elle s'était alors réveillée en sursaut, à bout de souffle. Depuis, elle vogue entre deux rives, le pays des morts et celui des vivants. Les autres, les membres de sa famille, vont et viennent, le ton monte, quelques cris fusent parfois. Ils prient, glorifient Dieu de la bénédiction que représentent ces noces. Rima est au centre des événements, mais elle n'est pas là.

Une marchandise.

Une enveloppe.

Un corps. Sans émotions ni sensations.

Ils ont décidé de la marier.

Non. De la donner en mariage.

La donner à cet inconnu distinguera la famille entière, l'extraira de son statut misérable. Jusque-là, la beauté de Rima était un problème pour les siens. Les filles trop belles sont des provocations qu'il faut parfois éliminer si elles ne savent pas se protéger. Certaines font trop envie aux hommes et en paient le prix. Rima a contraint ses frères et son père à une surveillance particulière ainsi qu'une éducation très stricte qu'ils lui ont souvent reprochées. Il fallait la conserver intacte jusqu'à ce qu'un homme la demande. Désormais, à un autre de se charger de son honneur.

Ce matin, elle s'est rendue au travail pour la dernière fois. Hors de question qu'elle prive la famille du salaire de la semaine, avait décrété son père. Elle devrait juste rentrer vite. À l'usine, elle est tombée. Elle a trébuché sur une caisse et s'est écroulée sur le sol. Taj, le responsable des employées, l'a aidée à se relever et l'a raccompagnée à son poste. Il lui a demandé ce qui se passait. Elle lui a dit adieu. Il a compris, lui a souhaité bon courage pour la nuit de noces. Puis il est parti effectuer sa ronde dans les allées.

Rima a sorti les bâtonnets en plastique ainsi que la pile de tissus aux rectangles bleus, blancs et rouges à enrouler et coller autour. L'un d'eux était taché. Elle s'est aperçue que sa main saignait. Elle s'était sûrement blessée en tombant. Elle a eu beau frotter, frotter, impossible d'effacer la marque rouge au beau milieu du blanc. Quelques jours plus tôt, elle aurait remué ciel et terre pour que son travail soit parfait, que la trace de sang disparaisse. Mais ce matin-là, plus rien ne comptait. La vie même n'avait aucun sens. Chaque minute écoulée la rapprochait de la sentence.

Ce soir, et tous les autres soirs désormais, elle ne dormirait pas dans la maison de son enfance.

Ce soir, et tous les autres soirs désormais, elle devrait lui obéir, satisfaire ses désirs, lui donner des enfants.

Lui appartenir.

Quatorze ans et la lumière sur son avenir s'éteignait.

Elle avait glissé le tissu taché au milieu de la caisse. Personne ne le verrait. Inutile de se torturer pour si peu. Le lendemain, elle serait loin, même si Taj se mettait en colère, elle ne serait plus là pour subir ses remontrances.

De son futur mari, elle ne sait que ce que les hommes de sa famille ont daigné lui communiquer.

Il s'appelle Khalid. Khalid Khorasani.

Il a trente-sept ans.

Il paraît qu'il est puissant. Un combattant admirable, a dit son père.

Les frères de Rima prient depuis la veille. Depuis que la nouvelle est devenue officielle. Ils seront bientôt de la famille de Khalid Khorasani, l'un des anciens conseillers de Maulana Fazlullah.

Le sang de Rima s'était figé à l'évocation de ce nom. Ça ne pouvait pas être lui. Son père ne pouvait pas avoir accepté de la donner à cet homme-là.

Les avertissements de Malik, son frère aîné, avaient levé ses doutes : Rima devrait se préparer à suivre son mari où qu'il aille, quoi qu'il décide, ne jamais devenir un obstacle à sa cavale. Sa tête est mise à prix par le gouvernement. Mais Dieu est grand. *Inch'Allah*, Khalid vaincra l'ennemi. Khalid Khorasani. L'une des têtes pensantes du Jamaat-ul-Ahrar.

Elle va appartenir à un bourreau. L'assassin d'une centaine d'enfants. L'un des organisateurs du massacre dont tout le monde parle depuis quelques jours, qui a ensanglanté à jamais l'école militaire de Peshawar. L'une des attaques terroristes les plus violentes jamais commises au Pakistan.

Ce jour-là, Taj avait fermé plus tôt. Après pareil attentat, la police serait déployée partout. Des troupes entreraient forcément dans l'usine pour poser des questions. Il valait mieux ne pas prendre de risques. Il a versé les payes et renvoyé les filles chez elles.

Le temps de ranger, il avait laissé la radio allumée, Rima avait tout entendu.

« Selon le bilan officiel, une cinquantaine d'enfants seraient entre la vie et la mort à l'hôpital, et les corps de plus d'une cinquantaine d'autres ont été retrouvés dans leur salle de classe. Cet attentat est le plus meurtrier depuis celui du 18 octobre 2007 à Karachi.

L'attaque a commencé ce matin vers 10 h 30. Un commando de six rebelles portant des vestes munies de ceintures d'explosifs et lourdement armés est entré dans l'école publique militaire de Peshawar. Ils s'étaient déguisés en Frontier Corps. Des témoins racontent qu'ils ont tiré un premier coup dans le hall et ont commencé à passer de salle en salle, tirant au hasard parmi les cinq cents enfants scolarisés. L'un des terroristes a alors actionné sa ceinture, provoquant une explosion meurtrière. »

Le journaliste interrogeait des témoins. Rima se souvient des mots d'Ahmed, un des élèves qui se trouvait dans l'auditorium de l'établissement au moment de l'ouverture du feu. Il disait :

« J'ai vu beaucoup de mes frères, gisant sur le sol, être frappés par des balles, appelant à l'aide. Vous pouvez remarquer des chaussures par terre : personne ne pensait à ses affaires. Ils ont tout laissé et ils ont juste couru pour sauver leur peau. »

Un autre journaliste s'adressait aux personnes qui sortaient de l'hôpital militaire où les morts étaient entassés. Rima se souvient de la voix brisée d'Andleeb :

« Le personnel médical m'a demandé d'aller dans la pièce où les morts étaient entassés, pour voir si je reconnaissais mon fils. Ils savaient que j'avais perdu moi aussi mon garçon dans cette attaque, mais personne n'était sûr qu'il était là… Puis je l'ai vu. J'ai perdu mon petit. »

Le lendemain de l'attentat, le Premier ministre, Nawaz Sharif, avait approuvé l'abolition du moratoire sur la peine de mort. Le bilan s'élevait à cent quarante-huit morts dont cent trente-deux enfants de dix à dix-huit ans, la majorité tués d'une balle dans la tête. Deux hommes avaient été retrouvés et leur pendaison prochaine était annoncée. Mais beaucoup de membres du Jamaat-ul-Ahrar ayant collaboré à l'organisation de cette tuerie étaient encore en fuite. Parmi eux, son futur mari.

Le bruit du pick-up la fait sursauter.

Il est là.

Khalid Khorasani est arrivé. Rima peine à refouler le goût de métal sur sa langue. Impossible de se mouvoir. Elle n'est que tremblements. Transie par la peur. Une peur nouvelle. Celle de la certitude de la douleur à venir. Ses frères sourient, son père remercie Dieu. Il n'a cessé de lui témoigner son immense gratitude depuis la veille. Samra évite le regard de sa fille, les sœurs ont déserté. Rima est seule.

Khalid Khorasani sort du véhicule dans un nuage de poussière. Autour de lui, trois hommes armés et une vieille femme vêtue de noir des pieds à la tête. On ne voit que ses yeux.

Tout va si vite ensuite. Quelques minutes. Ou peut-être des heures ? Rima n'a plus de notion du temps. Il s'étire, se rétracte au rythme des battements de son cœur.

La vieille femme l'entraîne à l'arrière de la pièce principale. Rima se laisse faire. La vieille femme lui demande son âge. « Bientôt quatorze ans », répond Rima.

La vieille femme lui somme de s'allonger par terre et de soulèver sa robe. Rima obéit.

La vieille femme écarte les jambes dénudées de Rima, enfonce ses doigts en elle, les tourne, comme si elle cherchait quelque chose à l'intérieur, approche son nez et renifle entre ses cuisses. Elle ordonne ensuite à Rima de se relever et de sortir. C'est bon, elle pourra convenir à son fils.

Rima vient de rencontrer sa belle-mère.

Le temps presse. Khalid Khorasani ne peut pas rester plus longtemps. Il faut partir. Les hommes entraînent Rima à l'arrière du pick-up. Son mari ne lui a pas adressé la parole. Son ancienne famille ne l'a pas saluée. La vieille femme s'est essuyé les doigts sur sa robe noire. Le véhicule démarre.

Le nuage de poussière s'épaissit.

Rima entend un oiseau au loin.

Une chèvre bêle.

Des cailloux rebondissent sur les jantes du véhicule.

Plus loin, très loin, quelqu'un coupe du bois.

Plus loin encore, sur la route vers la ville, une voiture klaxonne.

Rima entend tout, ressent tout. Les sons, les couleurs se révèlent à elle comme jamais jusque-là. La vie, précieuse, l'éclabousse, elle s'y accroche comme suspendue au-dessus d'une falaise, tenant son sursis au miracle de la nature. Elle épouse chaque détail du paysage, chaque présence animale, chaque odeur. Elle habite tous les recoins oubliés du monde. Tous, sauf son propre corps. Sauf là où la vieille femme a enfoncé ses doigts, là où elle les a tournés avant de les essuyer sur sa robe noire.

Ils arrivent dans une ferme en pierre, perchée dans les montagnes. Khalid Khorasani entraîne Rima dans une étable. Sur un tas de foin au sol, un drap est étalé. L'homme ordonne à Rima de s'y allonger. Tremblante, elle obéit. La paille pique son dos. Au plafond, elle aperçoit une toile d'araignée. C'est étrange, cette image la rassure. Enfin quelque chose qu'elle reconnaît. Elle se promet de ne pas lâcher des yeux l'insecte noir et velu. Tant qu'elle voit l'araignée, elle est en vie. Tant qu'elle voit l'araignée, elle est sauvée. Tant qu'elle voit l'araignée, le monde qu'elle a toujours connu ne l'a pas totalement abandonnée.

Khalid Khorasani baisse son pantalon. Il se penche et tente d'écarter les jambes de Rima. Mais elles sont comme coincées, rigides. Deux branches de bois mortes, qui refusent de lui obéir. Rima a beau essayer, elle ne parvient pas à effectuer le moindre mouvement.

À quelques centimètres de son visage se balance le long membre brun de son mari. Il grossit à mesure que l'homme découvre son corps nu. Elle, si timide. Le spectacle de ce sexe dressé, bientôt énorme, déclenche une crampe dans son bassin. Comme si son corps se solidifiait. Une statue de pierre que rien ne peut pénétrer.

Furieux, Khalid Khorasani la somme de faire ce qu'il lui ordonne. Elle est sa femme, elle doit obéir. Rima hoche la tête, les larmes aux yeux, cherche l'araignée sur le plafond. Mais l'homme agrippe ses hanches et la retourne. Rima recrache le foin de sa bouche. Khalid Khorasani s'allonge sur son dos et enfonce un doigt dans ses fesses. Rima hurle. Elle a honte.

Elle a mal.

Dans ses fesses. L'homme a un doigt dans ses fesses. Pourquoi ? Il l'enfonce encore. Deux doigts. Ou plus. Elle l'ignore. Elle ne sait ce qui, de la douleur ou de la honte, la tétanise le plus. Elle ne voit plus l'araignée. Elle est seule.

Comme si quelqu'un d'autre décidait pour elle, ses jambes finissent par s'ouvrir.

Khalid Khorasani entre en elle.

Une lame dans sa chair.

Il la déchire et se retire.

La déchire et se retire.

La déchire et se retire.

Elle voudrait hurler. Pas le moindre son ne sort de sa bouche. Tout est mort à l'intérieur.

L'homme est trop lourd. Elle étouffe. Du foin encore dans sa bouche.

Elle ferme les yeux, prie pour que la douleur s'arrête. Le mal se fraie en elle jusque dans le haut de son ventre, explose tout sur son passage.

Khalid Khorasani bloque ses mains, appuie dessus pour qu'elle ne se débatte pas, qu'elle ne bouge plus.

Alors Rima part. Son esprit quitte son corps. Rima se voit à quelques mètres d'elle-même. Elle se voit, étalée sur le tas de foin, Khalid Khorasani, large, sale, lourd, enfoncé en elle. L'araignée a disparu. Rima s'observe, morceau de viande. Elle se fait penser aux carcasses de brebis que son père découpait avant de les vendre.

Oui. Une carcasse désarticulée.

Khalid Khorasani émet soudain un râle. Puis il se relève. Remonte son pantalon et s'immobilise. Une rage intense se lit sur son visage. Il tire le drap sur le sol et insulte Rima. Sa mère, restée postée dehors, accourt. Elle passe à son tour le drap en revue et donne raison à son fils. La tache de sang est trop petite. Elle est présente, mais elle aurait dû être beaucoup plus importante, selon elle. Rima l'entend prononcer la sentence.

— Pas vierge.

Khalid Khorasani, hors de lui, assène un coup de pied à Rima, là où elle a péché. Rima se met à rire. Un rire incontrôlable. Qu'il la frappe là s'il le souhaite ! La béance ne peut s'élargir davantage, sa chair est en lambeaux, son intimité écartelée, il n'y a plus rien à déchirer.

Khalid Khorasani saisit son arme et abat le manche de toutes ses forces sur la tête de sa jeune épouse.

Elle entend un craquement dans son crâne.

Et la lumière s'éteint.

Le patient

Hôpital de Lagny, 18 décembre 2014

Aujourd'hui, les consultations se font sur rendez-vous. Des patients sérieusement atteints mais pas assez pour être internés d'office ou contraints à des séances quotidiennes en hôpital de jour. Au programme, donc, des paranoïaques, des schizophrènes légers, des borderline et des grands dépressifs. Autant de quasi-synonymes pour décrire la même misère de la condition humaine, celle d'un cerveau biologiquement programmé pour se perdre en boucles de pensées mortifères quand l'esprit espère en vain s'évader sur une ligne droite de plaisir. Une frustration obligatoire face à laquelle les êtres ne sont pas tous armés de la même manière.

Jeanne s'étonne que ses patients lui fassent confiance. S'ils savaient à quel point elle aussi rêverait de fuir ce monde parfois, à quel point elle a frôlé la limite à plusieurs reprises. Elle se demande souvent s'ils devinent comme elle est cassée à l'intérieur.

Il paraît que ce lien intime à la psychiatrie est ce qui fait d'elle une excellente praticienne. C'est du moins ce que lui a certifié son professeur de thèse. « Ça et mes antidépresseurs », ajoute-t-elle toujours. Elle a réduit à un comprimé par jour depuis deux ans. Un constat qui ne lui procure ni fierté ni indifférence. Elle perçoit ce traitement comme une prothèse. La jambe fictive qu'elle a perdue. Sans, elle tombe.

Heureusement, dans son cabinet elle est assise, maintient la distance nécessaire grâce à laquelle elle se protège de ses émotions. Elle a posé sur son bureau une photo de ses parents quand ils étaient jeunes. À côté, il y a Nina le jour de sa naissance, et à trois ans, devant un gâteau d'anniversaire à trois étages. Dans le tiroir du bas, il y a sa plaque de l'armée et son passeport. L'autre. Celui qu'elle n'utilise plus. Elle n'en veut pas chez elle. Elle ne peut pas s'en séparer non plus. Le tiroir du bas dans son bureau de l'hôpital est finalement l'endroit le plus approprié.

14 heures. Thomas Ngam attend dans le couloir. Jeanne a entendu la secrétaire l'accueillir. Deuxième rendez-vous. Il est ponctuel. Elle ressort machinalement ses notes bien qu'elle se souvienne avec précision de l'intégralité de ses propos. Une histoire dingue. Enfin, dingue… Elle rit de se laisser surprendre encore par ses réflexes de Française. Rien de tout cela n'est dingue. Ce qui l'est, c'est de le découvrir, de s'en étonner.

Elle ouvre la porte, invite l'homme à entrer. Il lui semble plus grand encore, haut perché sur ses longues jambes, le regard intense, témoin de ses origines ivoiriennes. Jeanne ne peut s'empêcher de s'arrêter un instant sur ses mains. Son pouce puissant, sa paume si large et ses doigts aux ongles rongés jusqu'au sang. Enfin, ses neuf ongles. Celui du majeur droit a disparu à force de payer pour les angoisses existentielles de son propriétaire.

Comme la fois précédente, Thomas Ngam choisit la banquette. Il ne veut pas affronter le visage de Jeanne. Il a peur, transpire beaucoup. Au moment de franchir le seuil, il a à nouveau jeté un œil derrière son épaule, comme pour vérifier qu'il n'était pas suivi. Le même réflexe étrange que la semaine passée.

Thomas se trouve à la croisée des chemins. Assumer le rôle qu'il a voulu se donner ou se planquer et décevoir les siens. Être un homme que sa femme aimera de nouveau ou celui qu'elle quittera bientôt. Il espère que Jeanne révélera un courage caché en lui, quelque part. C'est en tout cas ce qu'il exprime depuis leur première séance.

— Je vous écoute.

— J'ai décidé d'y aller. Tout balancer. Mais je ne sais pas encore quand.

— Et comment vous sentez-vous ?

— C'est un mélange.

Jeanne a conscience du fait que, tant que la réponse est évasive, il faut attendre, quitte à ce que le silence devienne trop lourd. Thomas Ngam craque en quelques secondes. Un autre adepte de la terreur du vide.

— Je sais pas me battre. Je déteste les coups.

— De quels coups parlez-vous ?

Un instant hésitant, Thomas Ngam se livre sur son enfance. Des confessions abruptes, comme un sac d'ordures qu'il jetterait dans une benne. L'autorité de son père, cette claque que, trente ans plus tard, il n'a toujours pas acceptée et qui le bloque encore aujourd'hui. On touche le cœur du dilemme. Tant que le patient ne relie pas ses traumatismes d'adulte à ceux de l'enfant, il reste en surface. Le travail commence lorsqu'il affronte son enfant intérieur, qu'il tire le fil entre celui qu'il espérait devenir et celui que la vie a fait de lui.

Dans la famille de Thomas, immigrée d'Afrique de l'Ouest en banlieue parisienne, assez pauvre, l'émancipation a toujours primé sur la revanche. C'est ce qui l'a sauvé, insiste-t-il, la pensée à laquelle il s'est accroché pour ne pas devenir un voyou.

Sauf que, voyou, il l'est. Un gentil voyou, certes, mais un voyou quand même. Jeanne ne peut s'empêcher d'éprouver une forme de sympathie envers lui. Leurs histoires se ressemblent tant. Jamais vraiment à sa place, français sans l'être, une envie de construire plus que de se venger. Le plaisir de la diversité confronté à ce que d'autres veulent effacer.

Cette incompréhension quand les amis de toujours ont basculé vers un monde d'interdits, de jugement et de haine. Le choc lorsque la première jeune fille portant un tchador est arrivée au collège, Thomas à Creil, Jeanne dans le 19e arrondissement de Paris. Le choc, lorsque soudain la division a brutalement éloigné ceux qu'il pensait connaître. Le choc, quand certains ont troqué le baggy contre le qamis, ont choisi des vacances financées par les Frères musulmans plutôt que celles que proposait la mairie.

Thomas s'est indigné, comme Jeanne, comme nombre de ses idoles telles que Gisèle Halimi, de l'aveuglement de SOS Racisme dont le symbole – cette main jaune de « Touche pas à mon pote », tant aimée jusqu'alors – ne devait désormais servir qu'à saluer les islamistes et les fascistes.

Thomas a assisté, impuissant, à l'essor de l'influence de Soral, de ses vidéos, sa chaîne sur Internet, son groupuscule complotiste désormais proche dans son fonctionnement d'un véritable parti politique.

— « Égalité et Réconciliation », ça sonne comme un discours de Miss France, sauf que derrière c'est de la haine en barre, docteur.

Il s'adresse au Dr Jeanne Rougemont, psychiatre dans un hôpital du Val-de-Marne. Il ignore que ces noms sont des façades de protection. Que ce qu'il évoque est précisément ce qui, neuf ans plus tôt, a motivé le départ de Jeanne hors de France.

Là-bas.

Et son retour dans l'Hexagone aussi.

Thomas partage ce qu'il pense être des confidences insolites. Jeanne hoche la tête. Il ne doit pas détecter qu'elle connaît tout ça presque mieux que lui. Comment, sous réserve de tolérance envers les minorités, on punit la majorité d'un peuple. Et cela ne date pas d'hier. À la fin des années 1980 déjà, Danielle Mitterrand pensait défendre sa vision misérabiliste des musulmans en se prononçant en faveur du port du voile à l'école. Pour panser un sentiment d'exclusion, elle avait, en fait, pavé la voie aux islamistes, dont les premières victimes ne sont autres que les musulmans eux-mêmes, voire les musulmanes. Elle avait au bout du compte affirmé ainsi la différence des musulmans qu'elle considérait incapables d'adhérer à la laïcité, alors que tant de jeunes générations parmi eux avaient justement gagné la France pour les valeurs de ce pays. Jeanne leur en veut tellement à tous ! Ces bien-pensants autoproclamés sauveurs de la misère et qui en réalité vous cantonnent à cette assignation sans espoir d'émancipation.

Tôt ou tard, les femmes paieront pour ces erreurs stratégiques. Parce que, toujours, quand on laisse s'installer des signes distinctifs entre hommes et femmes, elles finissent par subir l'enfer. Jeanne se demande ce que tous ces politiques qui décident de leur sort ont connu de la vie des pauvres, des exclus et des prisonniers de systèmes de propagande idéologique.

Les cicatrices sur son corps sont la marque indélébile de son apprentissage du terrorisme. Du baiser mortel de l'islam radical. De son arrière-goût de guerre froide dont se délectent les haineux de tout bord, partout dans le monde. Thomas détaille, presque ahuri, sa découverte des alliances entre une partie de l'extrêmc gauche proche des islamistes et l'extrême droite, réunis dans la haine des juifs plus forte que leurs idéologies respectives. Bienvenue dans la vraie vie.

Thomas était un petit lascar vivant d'arnaques. Celle de trop l'a mené vers un certain Antoine, intermédiaire des renseignements généraux. Désormais, sa liberté ne tient qu'à son efficacité de taupe. La police veut la peau de Soral et de ses sbires. Ils ont besoin de preuves solides, d'informations fiables pour faire éclater son réseau et sa bulle de haine. Un an que Thomas se fond dans le paysage. Il est à bout. Une femme, deux enfants, des factures à payer et une estime de lui-même au ras du sol. Il espère se racheter une dignité en dénonçant, preuves à l'appui, donc, ce que tant suspectent. Mais être l'aiguille qui perce la bulle comporte des risques. Il faudra déménager souvent, changer de nom, inventer une légende, l'imposer aux siens. Il pèse à présent le poids de ses choix, ceux qu'il a faits et ceux que son laisser-faire a déterminés pour lui.

— Vous comprenez, docteur, je suis du pain bénit pour eux. Je suis noir. Soral était dégoûté que je sois pas rebeu, en plus. Ça aurait été le gros lot, il a dit. Il cherche aussi des juifs antisionistes. En fait, il fait juste la pute et bouffe à tous les râteliers pour espérer vivre de son petit business de haine.

Thomas se demande comment les antifas des années 1980, menés entre autres par des combattants insurgés contre le racisme comme le gang des Black Dragons avec à leur tête Jo Dalton, ont pu céder leur place à des idéologies si mortifères et contraires aux valeurs qui les ont animés.

— Mais qu'est-ce que ça vous fait, à vous ? Que ressentez-vous ?

— Je sais pas, docteur. Je crois que je suis triste. J'ai le sentiment qu'on nous conditionne à la réussite à tout prix, quitte à bafouer les règles élémentaires d'une vie qui vaut la peine.

— C'est-à-dire ?

— Soral comme Dieudo, c'est des mecs qui voulaient percer comme artistes. Dieudo avait du talent, mais il a pas réussi à monter son film sur le code noir, alors que Spielberg l'a fait. Et Spielberg, il est juif.

— Et ?

— Bah... Y a beaucoup de producteurs de ciné juifs...

— Mais encore ?

— À aucun moment ces mecs se sont dit que, leur problème, c'était de pas bosser assez, ou que, juste, ils n'étaient peut-être pas au niveau. Ils ont choisi de devenir des victimes imaginaires de juifs tout-puissants, et ont entraîné des milliers de gosses et de perdus dans leur délire. Je sais pas où ça va mener tout ça, mais ce que je vois, ça me désespère. Toulouse, y a trois ans, vous vous rappelez, l'école juive ?

Jeanne pince sa cuisse pour ne pas faiblir. La douleur pour se réveiller.

— Oui, je me souviens.

— C'était un début, docteur. Des terroristes en puissance, y en a plein. Et personne fait rien.

— Je comprends, mais revenons à vous. Quel est le problème pour vous ? Vous avez peur de mourir en dénonçant ce dont vous êtes témoin ?

— Non ! Enfin, oui. Un peu. Mais je me dis qu'on détruit notre pays. Soral cartonne. Il a des millions de vues sur Internet. Les gens qui croient en lui sont de plus en plus radicalisés, ils se barrent en camps djihadistes, passent leurs journées à mater des vidéos complotistes. Ils pensent vraiment donner un sens à leur vie comme ça. Je trouve ça triste. Et le pire, c'est que je sais plus s'ils sont fous ou si c'est moi. Ils ont l'air tellement sûrs d'eux.

— Et ?

— Et j'aimerais bien être aussi sûr, rien qu'une fois. Je doute toujours, moi.

— C'est sain de douter, vous ne croyez pas ? Thomas, je comprends votre colère, mais je voudrais que vous me parliez de vous, de ce que vous ressentez.

Thomas Ngam essuie la sueur qui perle sur ses tempes. Son visage se grime d'une expression d'effroi.

— J'ai des gosses, docteur, deux filles. Elles vont s'en prendre plein la gueule. Bientôt, ici, ce sera la guerre civile. Je suis pas à la hauteur. Je suis pas taillé pour ce combat-là.

— Et qu'en est-il de leur propre capacité à se défendre ?

— Mais y a pas de prise sur ces connards ! Je discute avec les adhérents du mouvement, ils sont partout, c'est les conducteurs RATP, les bagagistes des aéroports, les taxis, les agents immobiliers, même des profs ! Pas moyen de lutter, ils peuvent mettre le pays à feu et à sang !

Thomas s'agite, il explique la technique apprise au sein d'Égalité et Réconciliation pour recruter sans en avoir l'air, comme de commencer des conversations en attaquant le système capitaliste, en particulier les banques, l'industrie pharmaceutique, Monsanto, l'agroalimentaire, l'armée…

— Des discours qu'on peut balancer à table sans passer pour un faf et qui permettent d'arriver tout naturellement aux grandes théories antisémites.

Jeanne tente de recadrer encore la séance et finit par céder. Elle ignore qui mène la danse là-haut et la conduit à affronter ces sujets qu'elle fuit depuis son retour d'Israël. Elle pensait sa planque sécurisée. Encore une fois, elle s'est trompée. Les fous envahissent tous les recoins de son existence, par patients interposés désormais.

Thomas raconte le dîner où Soral s'est invité chez lui. L'ironie de la situation la fait sourire. Elle se cache derrière sa main, mime de se frotter le nez.

— Il s'est écouté parler deux heures. Il a détaillé un par un les maux de notre civilisation, tous attribués aux juifs et à leurs mensonges. Selon Soral, Dieudo et leurs fidèles, les juifs convertis de force par Isabelle la Catholique seraient responsables des crimes de l'Inquisition qui les ont tués !

Même tarif pour l'esclavage qu'il impute aux sabbatéens, un truc qu'ils ont inventé, des juifs déguisés en musulmans. Même tarif pour le génocide des Amérindiens.

— Les juifs sont responsables du génocide indien alors qu'ils n'étaient pas en Amérique ?

— Oui ! Selon les complotistes, lorsque les Américains ont débarqué, il y avait douze tribus, comme « les douze tribus d'Israël ».

Thomas ouvre grands les yeux et mime des guillemets avec ses doigts.

— Et la douzième, celle de Newport, c'était des youpins.

— Mais en quoi cela vous concerne-t-il directement ? Vous êtes juif ?

— Non ! Mais pour eux, soit on est dans leur camp et donc contre les juifs, soit on fait partie des gens à abattre. Ils sont des centaines de milliers, docteur, ils ont une haine que vous ne mesurez pas. Ils nagent en plein délire, on peut pas lutter, c'est foutu, il va y avoir des morts, beaucoup de morts, ici en France !

Jeanne se sent partir. Comme si elle assistait au spectacle misérable de sa vie. La haine qui se répand comme une lave infâme échappée du volcan de l'ego et des ambitions déçues.

— Vous êtes toute pâle, docteur.

— Je pense qu'on a terminé pour aujourd'hui, monsieur Ngam.

Elle se lève, le raccompagne à la porte, coupant court à ce qu'il s'apprêtait à ajouter. Face à l'urgence que Jeanne impose à cette étrange fin de consultation, Thomas Ngam renonce à enfiler son manteau.

— On reprend pas rendez-vous ?

— Si, si, bien sûr. Voyez avec mon assistante.

— Reposez-vous bien, docteur. Désolé si je vous ai plombée.

Jeanne se fige.

Plombée.

Le deuxième trou dans son flanc droit lui donne l'impression de s'ouvrir.

La plaie béante. Elle appuie machinalement sur sa taille.

Le garrot.

Comme si le sang s'échappait d'elle.

À nouveau.

Ça n'en finira donc jamais.

D'amour et de kalachnikovs

Port du Pirée, 18 décembre 2014

Jusque-là, Jin se fichait de tout et de tout le monde.

Jusqu'à cette femme qu'il a accueillie à bord de son bateau sur le port de Beyrouth.

Myra.

Ce sont ses yeux. Son regard.

Quelque chose a bougé en lui. Un infime mouvement et, pourtant, il se sent ébranlé. Il a perdu son centre de gravité.

Il pense à elle depuis qu'elle est descendue sur les côtes italiennes. Depuis qu'elle a disparu dans le flot d'âmes perdues de Lampedusa. Une migrante parmi d'autres. Anonyme dans la foule. Priant pour avoir plus de chance que ses compagnons d'infortune.

Myra.

Il déteste cette sensation de coton dans son cœur. Il maudit cette sensiblerie ridicule et dangereuse. Ouvrir les vannes des émotions, ce sera pour plus tard. Quand il aura du temps pour se perdre, sans menacer le reste.

Myra. Un grain de sable dans sa machine parfaitement rodée.

Il lui en veut. Elle n'a rien fait, l'a juste regardé.

Mais elle l'a regardé vraiment. Comme si elle voulait lire en lui.

Comme si, pour une fois, il n'était pas un moyen de transport mais un être humain.

Il a beau tout mettre en œuvre pour ne plus penser à elle, la chaleur dans son ventre… Myra.

Elle avait fui l'Irak par le sud.

Abandonné ses parents.

Abandonné sa petite sœur.

Ils considéraient qu'elle s'affolait de trop, que les Yézidis vivaient là depuis des siècles, en dépit des tensions alentour. Le futur ressemblerait au passé, et leur avenir, à celui de leurs ancêtres. Pourtant – une prémonition peut-être, une simple angoisse inexpliquée – Myra ne tenait plus en place. Elle se méfiait de chaque passant, de chaque homme croisé dans une boutique. La moindre respiration charriait dans ses narines une odeur de sang. Le sang de femmes violées, battues, tuées. Et elle perdait connaissance.

Il y avait déjà eu des carnages, des enlèvements. Des femmes qu'on attendait en vain, qui ne reviendraient jamais, servant d'esclaves à des bouchers sanguinaires qui les considéraient comme du bétail. Ce serait de pire en pire, voilà ce que lui indiquaient ses cauchemars aux remugles de carcasses faisandées. Dieu l'alertait, elle en était certaine. Le Tout-Puissant lui accordait une mission d'éclaireuse.

Il fallait fuir, donner l'exemple, tracer la route pour pouvoir accueillir au plus vite ses proches sur une terre où ils ne risqueraient rien. Sa conscience supérieure lui indiquait de suivre le bleu. On lui avait parlé de la Grèce durant son périple. Sans le savoir, Myra partageait le rêve de Jin.

Elle lui avait décrit Al-Qadisiyya, Samawa, le désert saoudien, les côtes yéménites, l'Érythrée et la remontée vers le nord de l'Afrique. Des mois d'épreuves mais, au fond d'elle, la certitude d'être « accompagnée ». Elle n'avait douté qu'une seule fois, et Il lui avait envoyé un signe. Arrivée à la frontière libyenne, abîmée par les scènes de tortures et de misère qu'elle côtoyait depuis un temps impossible à mesurer, elle avait supplié Dieu de la libérer de cette tâche trop lourde, trop douloureuse de l'exil. Elle Lui avait reproché de l'abandonner à sa solitude. De chagrin et d'épuisement, elle s'était effondrée. Alors, collée au sol poussiéreux, sa joue avait heurté ce qu'elle avait pris pour un éclat de verre.

Elle avait palpé la terre et découvert une magnifique croix, semblable à celles que tant d'Érythréens rencontrés sur sa route serraient entre leurs paumes pour prier Jésus.

Il était là. Elle n'était pas seule, le Tout-Puissant veillait. Myra s'était redressée pour reprendre sa marche qui l'avait menée jusqu'au bateau de Jin. Pour qu'il accepte de la conduire en Europe, elle lui avait fait don du pendentif, seul bien matériel qu'elle possédait.

Il lui avait donné à boire, de quoi se restaurer, se laver, se changer. Elle tenait à le remercier au prix de son corps offert pour une nuit.

Jin avait refusé.

Si un jour il devait serrer Myra contre lui, ce ne serait pas en remerciement pour l'avoir nourrie.

Partout sur le bateau, il constate son absence. En quelques journées seulement, elle a laissé sa trace dans les moindres recoins. Il la devinait plus qu'il ne la comprenait. Ils échangeaient des mots dans une langue mystérieuse, intérieure, celle de ceux qui se reconnaissent « d'ailleurs ». Elle lui indiquait des points sur une carte du monde, désignait son cœur en posant ses fines mains sur sa poitrine, puis elle les orientait vers le ciel, mimait les larmes, la douleur, et il savait. Il se retrouvait dans son périple, celui que tant d'autres avant eux avaient effectué.

Pour la première fois, Jin saisit vraiment le sens de cette chanson d'Aznavour. Jusque-là, il aimait la mélodie, mais les paroles lui semblaient risibles. Pas loin des feuilletons dont les filles occidentales raffolent. L'amour, l'amour… Ridicule. Sauf que, là, les paroles lui reviennent d'elles-mêmes. Sans qu'il les convoque.

Je ne sais trop que dire, ni par où commencer
Les souvenirs foisonnent, envahissent ma tête
Et mon passé revient du fond de sa défaite
Non je n'ai rien oublié
Rien oublié

Myra. Trois jours à se croiser sur le pont. À tout se dire sans réellement se raconter.

À l'âge où je portais que mon cœur pour toute arme
Ton père ayant pour toi bien d'autres ambitions
A brisé notre amour et fait jaillir nos larmes
Pour un mari choisi sur sa situation
J'ai voulu te revoir, mais tu étais cloîtrée
Je t'ai écrit cent fois, mais toujours sans réponse
Cela m'a pris longtemps avant que je renonce
Non je n'ai rien oublié

La chanson prend une nouvelle ampleur, le touche ailleurs que dans les oreilles. Quelque chose en lui s'est ouvert, qu'il ne sait comment refermer.

Myra.

Il caresse la petite croix, imagine qu'elle l'attend quelque part en Grèce. Vers le bleu.

Depuis Myra, le monde lui apparaît sous un nouveau jour. Il remarque des détails jusque-là sans importance. L'élégance d'une poignée de porte, certains dessins à la surface de la lune. Il s'interroge aussi sur le sens de sa vie. Et les questions se multiplient.

Pour la première fois, il se demande où sont partis les drapeaux qu'il a livrés la veille à Marseille. Des milliers de petits bâtonnets en plastique, entourés des drapeaux français, allemand, italien, espagnol en provenance du Pakistan. Il imagine qu'une compétition de football se prépare, les Français adorent ça. Il y a toujours besoin de drapeaux dans les stades. Il aimerait tant avoir contribué à la joie d'autres personnes.

Ne devrait-il pas cesser certaines livraisons, d'ailleurs ? Comme celle du mois précédent ? Jin se demande à qui, à quoi serviront les armes qu'il a transportées, récupérées au large des Balkans à destination de la Belgique. Il avait fait mine de ne pas avoir compris ce que contenaient les caisses en bois au fond de la cale. Une fois seul, il avait regardé d'un peu plus près. Des kalachnikovs « Avtomat Kalachnikova » modèle 1947, des lance-roquettes anti-char RPG-7, des lance-missiles, des fusils d'assaut Zastava M70, des fusils de chasse, des pistolets semi-automatiques Tokarev TT 33, Skorpion VZ61, des revolvers, des grenades fumigènes et offensives, des bouteilles incendiaires, des armes à impulsion électrique et des couteaux de combat. Un arsenal de guerre.

Pourtant, la Belgique est en paix. Comme ses pays frontaliers. Pourquoi un tel besoin, en novembre 2014 ?

Où sont ces armes désormais ? Entre quelles mains ? En Belgique encore, ou ailleurs ? Combien de personnes peut-on tuer avec ça ? Combien mourront peut-être par sa faute ?

Jin se demande quel âge auront ceux qui achèteront le shit marocain qu'il a livré en France. Le shit et tout le reste. Des gosses ? Combien sombreront dans les paradis artificiels, la désolation ? Combien d'adolescents, amorphes le jour, agressifs la nuit quand les effets de la marijuana se dissipent ? Et combien chercheront une drogue plus puissante ensuite ?

Jin prend conscience qu'il s'est menti.

Il s'est répété qu'il ne voulait rien savoir de ce qu'il transportait tant que la paye lui convenait. Tant qu'elle garantissait à ses parents de pouvoir s'installer avec lui et les restes de sa sœur sous le ciel de Grèce.

En réalité, il a tout vu, tout compris, tout retenu. Chaque cargaison. Chaque intermédiaire. Chaque impact sur le monde. Même les drapeaux, il sait qu'on peut s'en servir ailleurs que durant un match. Comme d'une revendication. Un drapeau pour exclure tous les autres. Il regarde la croix de Myra. Dieu lui pardonnera-t-il ?

Jin s'en veut, mais il aime ça. Il aime ce nouveau sentiment d'égarement, de ne plus être sûr. Myra a simplement retiré le bandeau qui voilait ses yeux.

Comment oublier de nouveau ? Et le faut-il ?

Et elle, l'oubliera-t-il, s'il parvient à oublier le reste ?

Myra.

Il pense à la maison en Grèce, enterrer sa sœur, emmener ses parents au soleil. Oublier les drapeaux, oublier les armes, oublier les migrants qui puent, qui espèrent ce qui n'arrivera jamais, oublier la drogue. Le port du Pirée se dessine à l'horizon. Il déteste cet endroit où croisent les monstrueux navires de Cosco, l'armateur chinois au service du gouvernement de son pays et qui n'a d'autre but que de coloniser les ports européens.

Doit-il faire demi-tour ? Retourner en Italie ?

Est-elle toujours sur le quai ? Pense-t-elle à lui ? Myra.

Chaque saison était notre saison d'aimer
Et nous ne redoutions ni l'hiver, ni l'automne
C'est toujours le printemps quand nos vingt ans résonnent
Non, non je n'ai rien oublié
Rien oublié.

« Vous me comprenez, vous »

Hôpital de Lagny, 18 décembre 2014

Jeanne est appelée dans le hall de l'hôpital. On l'attend le plus vite possible aux urgences.

Bâtiment B.

Celui de Tariq.

Elle court dans les longs couloirs, dévale les escaliers, traverse le parking. Il pleut. Décembre bat son plein. Chaque jour concurrence le précédent dans le manque de lumière, de ciel, de chaleur.

Des gouttes s'écrasent sur ses lunettes, quelques mèches mouillées se collent à son front. Elle peine à voir le sol, manque de trébucher dans un trou sur la chaussée. Et s'il était arrivé quelque chose à son amour ?

Elle pénètre dans une scène de chaos. Une dizaine d'hommes hurlent sur des infirmières terrorisées, Tariq fait barrage devant des enfants sur des brancards, criant à tous de reculer, sans savoir vraiment à qui il s'adresse.

Par terre, du sang. Sur les sièges, des patients hagards, sidérés par ce bruit et cette agitation dans un endroit censé les apaiser. Ils ont mal. Ils attendent pendant des heures qu'on les soulage, espèrent un peu d'attention ; durant quelques minutes, être écoutés par une blouse blanche qui mettra du baume dans leur vie. Souvent, les douleurs se situent ailleurs que dans le corps. Le monde vous abîme. La société vous efface. L'hôpital demeure le dernier refuge où admettre qu'on souffre ne représente pas un danger, n'engendre pas une suspicion de faiblesse ou d'incompétence.

Ces âmes esseulées sont happées par la violence qui les entoure. Jeanne peine à identifier l'origine du problème. Elle s'élance vers Tariq.

— Qu'est-ce qui se passe ?

Il a les traits tirés. Tariq, toujours si calme, si serein. Son visage donne l'impression qu'une latte de bois lui est tombée sur le front. Son buste s'est affaissé, il porte le monde sur ses épaules. Une large veine palpite dans son cou rougi. Tariq, l'inébranlable, presque ascète, cherche ses mots dans sa gorge sèche.

— Un taré qui a pété les plombs. Ça vire à l'émeute. On a appelé les flics, ils arrivent.

— Qu'est-ce que je peux faire ?

— La femme est traumatisée derrière, salle 2.

— OK. Tu m'expliques ?

Tariq souffle et se lance, tentant de rapporter la situation de la manière la plus factuelle possible.

9 h 30, une femme enceinte de cinq mois arrive avec son mari. Elle a perdu du sang toute la nuit et ça continue. Une première grossesse, elle pleure, paniquée à l'idée de perdre l'enfant. Elle dit qu'elle ne veut pas décevoir son mari. L'infirmière chargée de l'accueillir tressaille en entendant cette phrase.

Cela n'échappe pas au mari, qui pose aussitôt la main sur la cuisse de son épouse. Elle baisse la tête, tremblante. « Nous attendons un fils, explique-t-il. Ça a pris beaucoup de temps pour qu'elle tombe enceinte. Elle ne parle pas très bien français. »

L'infirmière remplit le questionnaire en silence, avant d'aller chercher le premier médecin disponible. Le Dr Julien Bonnal se présente pour ausculter la patiente en urgence. Le mari refuse de sortir de la pièce et réclame un autre médecin. Pas d'homme pour examiner sa femme. La future maman se tord de douleur. Le Dr Bonnal demande à ce que son époux le laisse passer, il n'y a pas de temps à perdre.

Le mari s'y oppose, c'est contraire à sa foi, contraire à la pudeur. Il exige un médecin femme. Son épouse le supplie de laisser un docteur la soigner, elle sent l'enfant qui tombe en elle.

Le mari la réprimande en arabe. Elle se recroqueville sur elle-même, sa robe longue est souillée d'une grande tache rouge.

Le mari commence à crier sur le médecin qu'il accuse de tuer son enfant en retardant la prise en charge. Julien Bonnal répond que la religion n'a pas sa place à l'hôpital.

Que, s'il l'empêche de porter secours à sa femme, il appellera les services sociaux. L'homme le bouscule, Julien trébuche et se cogne la tête contre l'angle de la table. L'infirmière entre à ce moment-là dans la pièce, découvre son collègue à terre et se met à hurler. La sécurité accourt.

C'est la troisième fois ce mois-ci que des menaces sont proférées et des agressions commises pour question de « pudeur ». L'équipe est sous tension et se fracture de l'intérieur.

Les aides-soignantes et les infirmières qui portent le voile hors de l'hôpital se sentent visées par les reproches adressés aux patients considérés comme des radicaux. Les laïques convaincus revendiquent leur serment d'Hippocrate et rejettent en bloc l'idée même de céder d'un pouce au fanatisme. Le débat prend des proportions désolantes. Il y a ceux qui se fichent des croyances des uns et des autres : on est dans un hôpital, les patients sont mal à l'aise, si leur foi les aide à tenir, pourquoi ne pas faire un effort ? Et ceux qui ne lâchent rien.

Tariq, lui, se sent vidé, las de ces échanges. Las de devoir intervenir parce qu'il est plus bronzé que la moyenne des Français. Il ressemble en cela à la majorité des siens, il considère sa religion comme une culture, l'un des ingrédients du terreau qui a fait de lui l'homme qu'il est. Un ingrédient. Pas une définition. Quant au voile… Pour lui, la question n'est pas de le porter, mais de savoir si une femme y est contrainte, directement ou indirectement.

Les cris de l'infirmière redoublent.

Mauvais réflexe. Mauvais moment. Mauvaise personne.

Le mari fracasse une chaise contre le mur, clamant qu'il n'a pas fait exprès, que le médecin est tombé tout seul, que cet hôpital va tuer son fils.

Son épouse blêmit, elle a perdu trop de sang. Entre ses jambes apparaît la tête d'un fœtus, bien trop jeune pour survivre sans séquelles.

Le vacarme alerte les autres patients et leurs familles dans le couloir. Le mari s'explique en arabe auprès de ceux qu'il estime être d'emblée de son côté. Certains le rejoignent, d'autres baissent les yeux et sortent, d'autres encore lui demandent de se calmer, de laisser les médecins faire leur travail. Les hommes en colère accusent Julien Bonnal d'être raciste, l'infirmière d'avoir intentionnellement provoqué l'émeute. Derrière, la femme gît, inconsciente.

Des brancardiers entrent en trombe dans la pièce, éloignent les assaillants. Une équipe fonce vers la femme, l'autre s'occupe du médecin qui se réveille, ahuri.

Un brancardier écarte les jambes de la jeune mère qui vient d'accoucher d'un bébé mort. Le médecin urgentiste constate l'heure du décès.

Le mari laisse éclater sa fureur.

La femme, chancelante, se remet à pleurer, murmurant en arabe des mots que le brancardier traduira à l'assistante sociale qui se fraye alors un chemin à travers la foule massée autour de la porte. Selon le témoin arabophone, l'épouse aurait répété : « Il va me tuer. Que Dieu me protège. Il va me tuer. »

L'équipe en service s'est alors précipitée vers Tariq. Il sortait tout juste de la salle de réveil d'une autre patiente.

Il a beau décrire l'enchaînement des faits à Jeanne d'une manière chirurgicale, ce simple détail, petite lumière dans les ténèbres, lui rappelle que l'homme qu'elle aime est un anesthésiste d'une humanité rare. Il est un repère pour ses collègues. Considéré partout comme un médecin de talent que tous les hôpitaux s'arrachent, il reste malgré tout ici, dans cet établissement de banlieue, par conviction. Car il ne supporterait pas de n'accorder de soins qu'à ceux qui lui attribueraient une valeur financière. Jeanne lui reproche souvent son idéalisme, sa naïveté parfois, mais elle l'aime précisément pour cela. Parce qu'il accompagne lui-même ses patients encore endormis en salle de réveil en attendant qu'ils rouvrent les yeux. Parce que, en situation de chaos, il n'y a qu'à lui qu'on accorde sa confiance.

— Voilà, tu sais tout. On l'a emmenée en salle 2. Elle a perdu son enfant. Elle a peur de son mari. C'est mieux si tu lui parles. En arabe.

Jeanne voit bien qu'il y a autre chose. Que Tariq omet de raconter ce qui l'a vraiment bouleversé. Cette tristesse dans son regard…

— Pourquoi es-tu dans cet état, mon amour ?

Il baisse la main dans un geste agacé.

— Dis-moi.

L'homme qui s'est opposé à ce que sa femme, qu'il soumet et terrorise, soit soignée à temps par un médecin a pris Tariq à partie. Il lui a demandé de le défendre publiquement en balançant un : « Mais enfin, docteur, vous me comprenez, vous ? »

Vous.

Le genre de complicité que Tariq vit comme une condamnation.

Jeanne hoche la tête, il n'a pas besoin d'en dire plus. Elle caresse sa joue et se rend en salle 2.

Ils se sont rencontrés comme ça. À un pot de départ, coupe de champagne dans une main, tranche de saucisson dans l'autre. Ils se sont souri, comprenant ce que cette attitude en apparence anodine témoignait de leur indépendance à tous les deux. Il est le seul fils Soualem, pourtant.

Ses parents sont kabyles, ils vivent six mois par an dans les montagnes algériennes, le reste du temps à Mantes-la-Jolie, où ils se sont établis dans les années 1960. Sa mère ne parle presque pas français, plus très bien arabe non plus.

Tariq a quatre sœurs. L'une d'elles a débarqué chez lui trois ans plus tôt, avec ses enfants. Jeune mariée dans les années 2000, elle avait suivi son époux sur la terre de leurs ancêtres. Une génération du retour. Ils s'étaient installés à Alger, se confrontant à une autre forme d'immigration, où ils devenaient des étrangers dans un pays qu'ils pensaient être le leur. La guerre civile venait de prendre fin, selon les informations. Mais en réalité, la violence, les jugements, la religion politique sévissaient toujours.

Était-ce l'épuisement face au contrôle de la police des mœurs, ou le manque de sa France natale ? Dix ans après son « retour » en Algérie, Djamila rêvait de retrouver les joies de son enfance. Elle s'imaginait se promenant dans les rues en pantalon, cheveux lâchés, sans risquer d'être jugée ou même réprimandée par des inconnus qui, sous prétexte de ne voir en elle « qu'une femme », s'arrogeaient le droit de commenter sa tenue.

Son mari n'avait pas tardé à la rejoindre à Paris, dès qu'il avait pu, désireux d'assurer à ses filles un avenir de liberté et d'autonomie. Tariq avait garanti à Djamila et sa famille qu'il serait là pour eux, sans vouloir commenter davantage les raisons qui les avaient poussés à partir. Pour eux tous, la double nationalité était celle d'une identité fantasmée, sans cesse confrontée à une réalité changeante. Les Algériens de l'époque de leurs parents n'étaient plus ceux d'aujourd'hui, comme les Français d'aujourd'hui ne ressemblaient plus à ceux d'hier, qui avaient parfois humilié leurs aînés. Des assignations à des territoires imaginaires, ceux des souvenirs, contre lesquels le quotidien butait sans cesse.

Ses trois autres sœurs, elles, s'étaient installées à Paris en même temps que lui, mues par un élan de banlieusards avides du mouvement de la capitale. Vivre à Paris. S'y faire un nom, y creuser son ancrage. L'une était médecin, dans une célèbre clinique d'esthétique, riche, célibataire et légère ; les deux autres s'étaient conformées à un schéma plus traditionnel, mariées à des musulmans français de troisième génération, avec lesquels Tariq partageait régulièrement un whisky le week-end, avant un bon bœuf bourguignon. Elles avaient l'air heureuses.

Chez l'une de ses sœurs, la viande était halal. Chez l'autre, non. Fatima portait le voile aussi, mais elle avait pris cette décision seule, à la mort de leur grand-mère, comme un héritage qu'elle tenait à rendre visible, un lien avec ses racines plus qu'une revendication.

Jusqu'au départ de Djamila pour Alger, la famille avait nourri sa relation à l'Algérie en bons Français, se rattachant à leurs origines à travers des détails presque touristiques. Tariq ne s'expliquait d'ailleurs pas l'émotion qui le traversait dès qu'il écoutait du raï. Il y avait les notes retenues, les voix lancinantes, comme si chaque chanson recelait une énigme auquel seuls les initiés accédaient. Il retrouvait dans cet aspect du raï ce qui, pour lui, symbolisait l'islam et l'Orient : la beauté des récits mystérieux. Cette propension à conter, à transformer en métaphore symbolique la moindre anecdote, à revêtir de promesses d'aventures insatiables le moindre passant un peu âgé. Pour les siens, les êtres se muaient en livres ambulants, des livres aux mille légendes, interprétables à souhait.

Partout, sa culture d'origine était pétrie de mystère, et le mystère lui-même forgeait la culture, du khôl autour des yeux des femmes, qui rendait leur regard impénétrable, aux tatouages sur leurs mains et leurs pieds, indéchiffrables. Alger elle-même lui apparaissait comme un mirage insondable, ses petites maisons blanches sur lesquelles le soleil s'abattait, éblouissant. Les vastes plages où la Méditerranée allait et venait selon un rythme entêtant. Il ne se souvenait pas avec précision de son premier voyage en Algérie, mais en gardait le sentiment d'être aspiré par des siècles d'histoire, submergé par des légendes nichées derrière chaque croisement de rues, sous chaque dalle au sol.

Dès lors, aimanté à ce pays qu'il considérait comme une part de lui à explorer, il avait entretenu cette attache, jusqu'à l'année 1992 et l'arrivée au pouvoir du FIS puis de ses descendants. Tariq et sa famille avaient observé les dérives radicales de la décennie noire avec un regard critique, éduqué à la laïcité française, mais surtout, un chagrin inconsolable.

Alors, lorsqu'un prôneur de haine l'assimilait à ces dérives, l'emprisonnant dans un *vous* qui n'était rien d'autre qu'un *nous* réducteur, les digues de la colère lâchaient en lui. Comment ces effroyables dingues parvenaient-ils encore à berner tant de monde quand les preuves de leur sadisme, de leur barbarie s'étaient étalées aux yeux de tous, dix ans durant ? se demandait Tariq.

Comment ces illuminés arrivaient-ils encore à galvaniser les foules alors que les reportages qu'une poignée de journalistes avaient réalisés au péril de leur vie avaient inscrit à jamais les images traumatisantes de villages des montagnes ravagés, de têtes, de mains, de jambes mutilées, de pères de famille aux yeux arrachés, serrant encore, par-delà la mort, les cadavres de leurs petits ?

Comment, après les lycées bombardés, la jeunesse assassinée, après la joie d'un peuple anéantie, pouvait-on croire les promesses des djihadistes ? Pire, les exporter ?

Comment était-il possible que l'humanité en général, et certains Algériens exilés en France en particulier, perde sa boussole pour se laisser ensevelir par l'obscurantisme, vingt ans à peine après la guerre civile ?

La colère de Tariq se muait parfois en rage. Il abhorrait ces « musulmans », soutenus par tant de politiciens français opportunistes, qui cantonnaient l'islam et l'histoire des siens à un narratif victimaire et revanchard, où les hommes devraient combattre pour avoir été soi-disant humiliés par l'Occident, où les femmes seraient contraintes à la soumission, où la religion dicterait la manière de vivre, et où la France serait l'ennemie.

Tariq aimait ses deux pays. Il aimait la Provence, il aimait se recueillir dans des églises, pas pour prier Jésus mais pour sentir le poids de deux millénaires le recouvrir. Il aimait les bouchers rougeauds et les centaines de recettes de pains. Il aimait le calendrier français et l'école publique gratuite. Il aimait l'histoire des Gaulois et des rois de France, Versailles et les châteaux de la Loire, les frites de Dunkerque et les moules de Deauville, les côtes de Carnac et les promenades à vélo d'Ars-en-Ré, les noms à rallonge des villes d'Alsace et les produits italiens entre les palais niçois.

Tout autant qu'il aimait la légende d'Abdelkader et les murs d'Alger la Blanche se déversant dans l'azur, les montagnes de Kabylie où son cœur s'élevait jusqu'au ciel, les livres et poèmes de Kateb Yacine illustrant la déchirure éternelle d'être là-bas et ici, ici et là-bas, les gestes pour éloigner le mauvais œil, ce qu'on raconte des étoiles qu'on attrape pour apeurer les peurs, les ombres des arbres si immenses que mille ans ne suffisent pas à les traverser, le chant du *dardja* et les panneaux trilingues – arabe, berbère et français – qui ornaient encore tant de rues algériennes. Pourquoi choisir ?

Autour de lui, parmi ses amis les plus proches, la religion n'était pas ce qui dictait les priorités. Les musulmans qui l'entouraient partageaient son rapport à « la source », une des multiples facettes de son identité, un aspect culturel qui nourrissait une part de ce qu'il était, un homme, un médecin, un fils, un sportif, un cuisinier de pâtes hors pair, un mauvais nageur, un sédentaire. Pourquoi racontait-on les musulmans de France à travers des portraits si différents de lui et des siens ?

Ces gamins galvanisés par les théories complotistes, ces barbus invoquant Allah à chaque feu rouge dans leur voiture, s'octroyant le statut de représentants du Prophète, alors que pour la plupart, souffrant d'illettrisme, la lecture simple du Coran s'avérait impossible.

Bien sûr, lors de grandes fêtes de famille, il lui arrivait de quitter la table, de rayer de son entourage des cousins qui avaient glissé vers les ténèbres, d'anciens amis qui avaient cédé à la facilité pour expliquer leurs échecs ou dépasser leur frustration. Imputer à l'autre la responsabilité de ses manquements et se servir de Dieu pour empêcher tout questionnement : le terrorisme des idées commençait ainsi, dans les banquets, les circoncisions, les mariages, où des mots anodins au cours d'un repas dérivaient vers la haine. Pour peu qu'une nouvelle guerre éclate au Proche-Orient, le festival reprenait. Et Tariq s'éclipsait, le visage tendu et malheureux.

Même Malik, le neveu préféré de son père, l'avait réprimandé un jour. Pour lui, il n'y avait pas à réfléchir, il fallait condamner à tout prix les juifs, la France, Israël… tous ceux qu'il jugeait responsables d'une fronde contre les musulmans plutôt que d'admettre qu'il n'était pas à la hauteur de ses ambitions personnelles. Avec ses réflexions de petit Français aveugle, voire de chien à leurs pieds, son cousin Tariq – « le grand médecin », comme il aimait le railler – manquait de loyauté envers les siens et envers Dieu. Tariq en avait été sidéré pendant plusieurs jours. Comment en était-on arrivé là ? Les islamistes étaient les pires déloyaux envers la parole de Dieu. La seule manière d'être loyal au texte était de lutter contre ceux qui en dévoyaient le message.

Subir les remontrances des haineux.

Recadrer les raisonnements des idiots.

Dépasser l'image de bronzé dont d'autres haineux l'affublaient sans relâche.

Se justifier sur ses idées et sa vision de l'islam à chaque crise impliquant un musulman.

Choyer ses racines, déployer ses ailes.

Trouver son propre chemin dans une quête identitaire tentaculaire.

Aimer follement cette vie où les murs s'érigent plus vite que les fenêtres.

Être heureux du parcours accompli. Se satisfaire de ses réussites et de ses échecs.

Il se convainquait de sa maturité identitaire, de sa philosophie existentielle.

Jusqu'à l'incident suivant.

Ce matin de décembre 2014, sur son lieu de travail, va laisser des séquelles, Tarik en a conscience. Il vient d'être ramené par un petit tyran barbu de banlieue à son statut de bougnoule nécessairement solidaire d'une vision médiocre de la religion.

Être un Tariq Soualem apaisé en ces temps de déchirement représente un défi quotidien. La cicatrice ne se refermait jamais vraiment et, à chaque rappel, la faille se creusait un peu plus.

Lorsque Jeanne avait échangé avec lui la première fois sur ce constat, l'écoutant développer sa longue tirade amère, elle lui avait demandé s'il l'autorisait à la répéter. Cette tirade, cet exact raisonnement qui décrivait sa vie à elle, en remplaçant le mot « musulman » par le mot « juif ».

Il l'avait embrassée.

Aidez-nous

Paris, 19 décembre 2014

Il fait si froid. Hier, un bébé est mort dans une tente un peu plus loin.

L'évacuation du camp a commencé. Une dizaine de bus ont bloqué la circulation du boulevard Barbès.

La veille, la préfecture avait placardé des avis d'expulsion sur les murs de la station de métro. Le risque sanitaire était trop élevé, avaient expliqué des bénévoles d'Emmaüs. D'autres, plus jeunes, plus en colère aussi, avaient objecté que la raison était ailleurs, plus dégueulasse. Selon eux, la mairie de Paris estimait que cette misère ne cadrait pas avec le décor de la capitale.

Pour Isaias, les deux arguments se valent. Ils ne sont pas incompatibles. Ils s'additionnent. Isaias se demande où se situent les centres d'hébergement dont on leur a parlé. « Des foyers répartis dans diverses régions françaises. » Il n'a pas cherché à en savoir davantage. Il se laisse porter. Il a si froid qu'une place au fond d'un bus chauffé lui apparaît comme une opportunité à ne pas manquer.

Il paraît qu'on leur servira un repas chaud, que durant un mois ils seront assistés pour leurs démarches administratives, qu'ils auront un lit, de quoi se laver, se nourrir. Cette étape n'est pas la pire de son périple.

Il ne se fait aucune illusion. Il sait bien que, tant qu'il n'aura pas de papiers, de travail, d'identité, l'enfer de l'incertitude et des ballottages continuera. Mais quelques semaines de répit lui conviennent. Passer l'hiver ailleurs que dans une tente, à même le trottoir, sous un métro, après tout pourquoi pas. Et s'ils essaient de l'expulser, il s'enfuira. Il a l'habitude de se glisser dans les interstices, de disparaître par les portes entrebâillées.

— Tu crois qu'on va dormir où ce soir ? demande Ajjad dans un anglais approximatif.

Ajjad partage la tente d'Isaias depuis quelques semaines. Il vient d'Afghanistan. Il a essayé plusieurs fois de rejoindre un cousin en Angleterre, sans succès. À Calais, un passeur l'a piégé. Il lui a promis un trajet sous un camion contre une fellation. Ajjad ne s'est pas méfié. En réalité, ils étaient douze et l'ont violé un par un. Ils formaient un cercle autour de lui et riaient quand Ajjad criait. Ils lui donnaient des coups de pied entre deux assauts.

Ajjad a réussi à s'enfuir. Il s'est blessé au pied gauche en courant dans les bois. Il a cavalé deux jours avant de se cacher dans un train de marchandises qui l'a conduit près de Paris. Il a pris le RER, le métro. Des contrôleurs de la RATP sont montés dans le wagon. Il a tout juste eu le temps de descendre. Il s'est retrouvé sur le trottoir, station Barbès. Isaias a partagé sa nourriture et son couchage. Depuis, Ajjad ne le quitte plus. On dirait un enfant. Il a tout le temps peur. Il dort en serrant un couteau entre ses mains. Il crie souvent dans son sommeil. Ses orteils ont noirci, des stries violettes remontent jusqu'au tibia. Il refuse de se rendre à l'hôpital. On lui a raconté trop d'histoires de malades qu'on renvoyait chez eux. Hors de question de prendre le moindre risque.

Ce matin, entre le froid et sa blessure infectée, Ajjad ne parvient plus à poser le pied par terre. Il tousse beaucoup aussi. Isaias lui montre son épaule pour qu'il s'appuie dessus. Mais, à peine sont-ils sortis de la tente, deux médecins les arrêtent, interpellés par l'odeur de la plaie suintante à laquelle Isaias ne faisait même plus attention. Ils installent le jeune homme sur un brancard, il se débat, se met à pleurer. Les médecins tentent de le rassurer, en vain. Ils finissent par lui faire une piqûre. Ajjad s'endort aussitôt. L'équipe médicale l'emmène dans une ambulance qu'Isaias regarde s'éloigner. De la main, il salue pour dire au revoir. Il sait pourtant que jamais il ne reverra Ajjad.

La police, les bénévoles indiquent le chemin à suivre. Isaias se mêle au cortège, monte dans le bus. Au fond. Bientôt, le chauffeur démarre. Paris s'éveille peu à peu. Tandis qu'il traverse la capitale de la France, Isaias observe les lumières qui s'allument derrière les fenêtres. Des hommes, des femmes se préparent pour leur journée de travail. Ils vont boire leur café, accompagner leurs enfants à l'école, se disputer peut-être, ou échanger des mots tendres. Un mardi comme les autres. Isaias soupire. Comme il aimerait dire au revoir à quelqu'un qu'il retrouverait le soir. Quelqu'un qui compterait pour lui.

Il sort son téléphone portable. Clémence l'a prévenu il y a deux jours que l'article était en ligne sur le site de Médecins sans frontières. Selon ses mots, il s'agissait de son « plus beau cadeau de Noël », elle s'excusait par avance auprès d'Isaias car elle serait probablement injoignable durant toutes les vacances qu'elle passait chaque année en famille...

Jusqu'ici, Isaias n'a pas lu le texte. Pas envie. Une étrange appréhension.

Il pense aux fêtes, aux vacances en famille, au réveillon de Noël où tant de personnes sur terre oublient tout le reste, et son cœur s'emballe. Il jurerait l'entendre cogner contre ses côtes. Dans un accès de colère, il clique sur le lien, comme s'il tenait sa revanche, alors qu'il ignore qui campe le rôle de l'adversaire dans son duel.

Les Érythréens quittent leur pays pour échapper au service militaire, aux violences, à la crainte du gouvernement, au manque de liberté et à l'extrême pauvreté.

Le service militaire est obligatoire pour une durée minimale de dix-huit mois, il peut être prolongé de manière arbitraire pour une période indéterminée. « En Érythrée, nous ne savons jamais lorsque le service militaire se terminera, s'il se termine. Travailler dans ces conditions sans rémunération revient à de l'esclavage », explique Isaias, un jeune Érythréen. « J'ai été contraint au service militaire. J'ai dû m'entraîner en pleine chaleur pendant dix mois. Je n'étais jamais autorisé à aller voir ma famille, alors, une fois, je suis parti sans autorisation. J'ai été jeté en prison. Après, tout s'est dégradé. J'ai dû m'enfuir, autrement je serais mort », précise Isaias.

Les femmes peuvent également être directement touchées par le service militaire et le maintien de leurs maris sous les drapeaux pendant une durée indéterminée. Une femme érythréenne de trente ans, rencontrée par MSF en Éthiopie, explique pourquoi elle a dû quitter le pays : « Ils ont renvoyé mon mari à l'armée après la naissance de nos enfants. Nous n'avions pas de revenus. Comment pouvais-je vivre ? Il s'est enfui, et les responsables gouvernementaux sont venus à la maison le chercher. "Dites-nous où il est ou nous vous plaçons en détention." S'il ne retournait pas effectuer son service militaire, je devais payer 50 000 nakfas [3 000 euros] ou aller en prison. Je n'avais pas d'argent, donc je me suis enfuie. »

Clémence explique ensuite les dangers qu'encourent les fuyards, les patrouilles qui tirent les malheureux comme des lapins ou, pire, qui les rattrapent et les torturent puis les emprisonnent.

L'Éthiopie et le Soudan accueillent une grande partie des réfugiés érythréens. Au Soudan, les Érythréens risquent d'être renvoyés de force dans leur pays ; en Éthiopie, ils tentent désespérément de survivre sans possibilité de travail ni d'études. Pour beaucoup d'entre eux, rejoindre l'Europe en traversant le Sahara et la Libye reste la seule option.

Puis Isaias tressaille. Son portrait est au centre de la page. Clémence lui avait dit de ne pas sourire. Il zoome sur ses yeux, et le chagrin l'envahit. Il ne se reconnaît pas. Il se demande qui est cet homme aux traits émaciés, au regard noir, perdu, quelques cheveux gris au-dessus d'un front strié de rides. Il semble avoir trente ans de plus que lorsqu'il a serré Cesarina dans ses bras avant de partir. Si par miracle ils finissaient par se retrouver, jamais elle ne le reconnaîtrait.

Pour la première fois, il se dit qu'il ne vivra plus très longtemps.

Il va mourir de vieillesse à vingt-sept ans. Comme un chien.

Il découvre son histoire racontée par Clémence.

« J'ai marché jusqu'en Libye. Je me déplaçais la nuit pour être moins repérable. Le matin, je me cachais pour dormir un peu. Puis je cherchais de quoi manger et j'attendais le bon moment pour repartir. Parfois, je rencontrais d'autres personnes comme moi, ça me faisait du bien, mais en fait c'était trop dangereux. L'essentiel du temps, j'étais seul.

Une fois la frontière libyenne franchie, je suis passé par Kufra, Tarzibu, et puis tout a basculé. On m'a volé mon sac et mes papiers, et ensuite on m'a envoyé au centre de Tajoura à Tripoli. Ils m'ont dit qu'il fallait que je trouve 2 500 dollars pour être libéré. Ils me frappaient pendant que j'appelais ma famille pour demander de l'argent. C'est une technique qu'ils utilisent souvent pour faire peur à ceux qui t'aiment. Ça les décide à donner tout ce qu'ils ont. Quand l'argent est arrivé, ils m'ont libéré. Un prisonnier m'avait parlé de son frère qui travaillait dans un garage à Misrata. Je l'ai rejoint et j'y ai travaillé comme peintre.

Au bout d'un an, j'ai décidé de reprendre la route. On m'a indiqué des passeurs. Il fallait leur donner 5 500 dollars américains pour rejoindre les côtes d'Europe. Je n'ai pas eu le temps de les réunir, j'ai été fait prisonnier par des trafiquants qui m'ont emmené dans un des centres de détention de Bani Walid.

J'y suis resté cinq mois. Cinq mois de supplices. Là-bas, les ravisseurs te brûlent, te battent jusqu'à te casser les os, t'affament. Et puis ils filment le résultat de leurs tortures pour l'envoyer à tes proches. Sauf que ma mère, cette fois, n'avait plus d'argent pour m'aider. Un jour, un gardien a eu pitié parce que je pleurais trop, il m'a laissé partir. Je ne sais pas pourquoi il a fait ça. D'autres personnes que j'ai rencontrées étaient détenues depuis plus d'un an quand je suis arrivé. Il y avait des femmes et des enfants aussi. Beaucoup de femmes se sont fait violer devant moi. Beaucoup de bébés sont morts également. Là-bas, tu n'es rien. C'est une vie entre parenthèses. Personne ne sait vraiment pourquoi il est enfermé.

En sortant, j'ai recommencé à marcher seul, comme au départ. Mais j'étais très fatigué, et j'avais mal aux jambes et à la main. Celle qu'ils m'avaient broyée dans le camp.

De passeur en passeur, j'ai fini par gagner la côte. J'ai essayé de traverser la Méditerranée neuf fois avant d'y arriver. Neuf fois, on m'a renvoyé en Libye. Et il fallait tout reprendre à zéro.

Au bout d'un an, comme ça, un ami m'a indiqué un nouveau passeur qui avait un gros bateau. J'ai encore travaillé de petits boulots pour réunir la somme qu'il demandait. On avait juste droit à un petit sac et un sandwich. Ils ne voulaient pas qu'on prenne nos affaires avec nous. De toute façon, j'avais plus rien.

Quand je suis arrivé, j'ai vu les trois barques. En fait, il n'y avait pas de grand bateau. J'étais sur la dernière barque. Les deux premières étaient surchargées. Il y a eu une tempête, elles ont fait naufrage. Personne n'a survécu. Moi, j'ai assisté à ça. C'est des moments terribles. Je ne sais toujours pas comment expliquer ou raconter. J'ai vu plus de deux cents personnes mourir sous mes yeux. Des gens qui souffraient. Et je ne pouvais rien faire. Je les ai regardés se noyer pendant plusieurs heures. Il faisait complètement noir, j'étais terrifié. À un moment donné, j'ai cru que, moi aussi, j'étais mort.

On est arrivés à Lampedusa à l'aube. Là, j'ai été conduit en Italie, où je suis resté trois semaines environ. J'ai rencontré deux migrants qui m'ont dit qu'ils voulaient aller en France. J'ai pris le train avec eux. Je les ai suivis. Je ne savais pas où aller. Maintenant je suis là. Voilà. »

Les bénévoles en Libye racontent l'horreur. Tous les mois, trente à quarante corps sont retrouvés autour de Bani Walid. Les soignants témoignent de l'état alarmant des survivants qu'ils recueillent. Tous évoquent les mêmes tortures et mauvais traitements. Certains migrants noirs sont vendus comme esclaves, des trafiquants les achètent aux passeurs non pour les faire travailler mais pour les séquestrer et gagner par la suite dix fois plus en exigeant des rançons aux familles.

Propos recueillis par Clémence Triolet.

Alors Isaias remarque le macaron et le bandeau rouge sur lesquels l'association invite les lecteurs à donner de l'argent, en haut et en bas de la page, insistant sur l'avantage fiscal exceptionnel de 75 %. Il parcourt les autres portraits. Une femme violée raconte son calvaire, un enfant mutilé après avoir été coincé sous les ruines d'un tremblement de terre, une mère et son fils, mis au monde durant sa traversée… Il se demande si sa photo à lui rapportera suffisamment d'argent, puisque c'est finalement de cela qu'il s'agit.

Il éteint son téléphone. Le soleil d'hiver se lève et le bus s'élance sur l'autoroute du Nord.

Une place au soleil

Cimetière de Pantin, 22 décembre 2014

Léon a rendez-vous avec le fossoyeur.

Aujourd'hui, il emmène sa rose au soleil.

La décision avait été prise deux ans plus tôt, en 2012, juste après la profanation de deux tombes juives, à quelques mètres de celle de Rosa.

Il lui aura fallu tout ce temps pour se sentir capable d'effectuer le rituel qui l'attend dans quelques minutes. Son corps entier se dérobe. Mais il doit tenir bon. Il le doit à sa rose.

Après Merah à Toulouse, les gosses tirés comme des lapins, après les grands yeux bleus de la petite Myriam dans les journaux, que le terroriste avait abattue dans la cour de son école, Jeanne avait sombré. Elle n'était pas revenue d'Israël pour vivre en 2012, quatre ans à peine après son retour, le même chaos en France. Et pourtant…

Son mariage n'avait pas résisté à son désarroi. Son quotidien ressemblait à un jeu de construction où chaque jour apportait de nouvelles pièces impossibles à caser sans risquer l'écroulement de ce qui avait été maladroitement assemblé la veille. D'urgence en urgence plus urgente encore, elle alternait les consultations, les rendez-vous chez l'avocate pour son divorce, les recherches d'appartement, la revente des biens communs que ni elle ni Jonathan, son mari, n'avaient les moyens d'acquérir. Elle publiait des annonces, prenait des photos, répondait aux questions des potentiels acheteurs, se retenant de leur hurler de lire les trois lignes qu'elle s'était donné la peine d'écrire et qui comprenaient toutes les réponses. Tous les vendredis soir, Jeanne dînait chez son père, et Léon constatait qu'elle avait encore maigri.

Perméable à toutes ces tensions, la petite Nina, un an à peine alors, ne dormait plus. Elle refusait de s'alimenter.

Jeanne avait fini par refuser de la confier à la crèche. Chaque matin, en arrivant devant les portes bleues du bâtiment, la peur lui déchirait les entrailles. Sa fille avait un nom de famille bien trop juif. Le plan Vigipirate ne suffirait pas à la protéger en cas d'attaque terroriste. Nina Cohen ! Du pain bénit pour un Mohammed Merah ! Il foncerait aussitôt sur elle et lui ferait exploser la cervelle. Léon s'était laissé convaincre durant l'été 2012 et, à la rentrée de septembre, il avait proposé à Jeanne de garder la petite. Il était seul depuis des années, incapable de remplacer Rosa. Ses amis de toujours avaient beaucoup trop à faire avec leurs propres cancers de vieillards, leurs problèmes de cœur. Les parties de bridge entre retraités ne le tentaient guère. Certes, s'occuper de sa petite-fille serait un défi de taille pour son vieux dos, mais ce serait surtout l'occasion de réparer les échecs de sa propre paternité qu'il avait vécue loin de chez lui, à travailler. Passer ses dernières années de vie à aimer et choyer la personne qui comptait désormais le plus à ses yeux, c'était ce qui avait le plus de sens.

S'il avait accepté de s'occuper de Nina pour échapper aux potentiels antisémites, il n'avait pas prévu que le danger menaçait Rosa tout autant. Comment avait-il pu être si inconscient ? Impossible de tenir le compte en Europe des tombes juives profanées, souillées de croix gammées et autres menaces immondes. Son ami Marcel avait dédramatisé un instant : « Écrire "À mort les juifs" sur des tombes juives… On a connu des stratèges plus brillants ! » Ils avaient ri avant le silence. Toujours le même.

Celui qui succède au constat éternel de la solitude israélite. Le silence juif.

Communiqué de presse du ministère de l'Intérieur du 26 novembre 2012
Manuel Valls condamne, avec force, la profanation de deux tombes, survenue la nuit dernière, dans le carré juif du cimetière de Pantin, en Seine-Saint-Denis.
Ces actes odieux qui visent des sépultures sont intolérables. Ils sont une agression insupportable, et une souffrance supplémentaire faite aux familles et aux proches des défunts. Le ministre de l'Intérieur tient

à leur faire part de son soutien et à les assurer de la mobilisation des services de police. Deux personnes ont été interpellées et placées en garde à vue. Les faits sont d'une extrême gravité. Les lois de la République prévoient de les punir sévèrement.

De grands mots pour pas grand-chose. Un lexique officiel qui ne traduit pas la douleur, l'indignation ou la peur.

On n'avait rien su de ces « deux interpellés », ni de cette « sévère punition ». Les familles avaient dû financer le remplacement de la pierre tombale et les proches des enterrés du carré juif avaient décidé d'organiser des rondes pour veiller leurs disparus eux-mêmes.

Le soir de Noël, cette année-là, Léon avait eu une idée à table tandis que Nina écoutait ses comptines en hébreu : emmener Rosa en Israël. L'enterrer de nouveau là-bas, qu'elle repose parmi les siens, dans un endroit où les morts juifs ne sont pas tués deux fois.

Il avait contacté le Beit Hahayim de Kyriat Shaul, proche de Tel Aviv. Il leur avait demandé une place sous un arbre ou dans un coin ombragé. Rosa n'aimait pas être en plein soleil. La personne au téléphone lui avait promis de prendre soin de sa femme. *Beit Hahayim*, cimetière en hébreu, Jeanne lui avait appris que, littéralement, ce mot signifiait « maison des vivants ». Jamais un terme ne lui avait paru si juste. Les cimetières existent pour ceux qui respirent encore.

Les démarches fastidieuses avaient commencé. Le plan avait été établi très vite. Sitôt sorti du cimetière,

Léon rejoindrait Jeanne qui l'attendrait déjà avec Nina en Israël. Le consistoire leur avait expliqué que l'enfant de la défunte devait se plier au deuil religieux durant une semaine, qu'elle ne pourrait plus voyager une fois le corps exhumé, il fallait donc qu'elle parte la veille de la cérémonie. Sur place, elle n'aurait pas le droit de travailler, de se laver, de se regarder dans un miroir, ni même de prier. Il convenait de se consacrer à l'affliction. Léon ignorait tout des rites orthodoxes. Des années durant, après la guerre, il avait affublé les rabbins et leurs adeptes en accoutrement noir du nom de « cafards ». Leur entre-soi l'insupportait, leurs mœurs d'un autre siècle le révoltaient. Leur certitude de l'omniscience de Dieu l'horrifiait. Où était-il ce Dieu protecteur quand on gazait les enfants à Auschwitz ? Pourquoi avait-il laissé tant de juifs massacrés à travers les millénaires ? Pourquoi, si les juifs étaient ses enfants élus, les envoyait-il à chaque siècle dans la gueule d'un loup différent, toujours plus affamé ?

Les années où Jeanne avait vécu en Israël l'avaient ouvert à une autre vision du judaïsme, celui du lien à la terre. Après tout, il y avait autant de manières d'être juif que de juifs.

Puis Rosa était morte, et le rabbin qui avait béni son âme au cimetière avait prononcé des mots que seul quelqu'un qui avait connu son amour pouvait déclamer. Des nuits durant, il n'en avait pas dormi. Comment ce rabbin avait-il su ? Léon avait flanché. La foi n'expliquait pas tout, mais la rationalité non plus. Il était juif. Traditionaliste. Non religieux. Pour les étapes charnières, il se pliait aux protocoles, les seuls reconnus. Les seuls appliqués partout dans le monde. Et ce sentiment de communion, se dire qu'un autre juif en deuil à l'autre bout de la terre traversait les mêmes étapes que lui, accomplissait les mêmes gestes, prononçait les mêmes mots, le remplissait d'une tendresse chaude. La foi était pour lui une couverture douillette et une amie fidèle.

Appliquant le rituel à la lettre, Jeanne avait organisé son remplacement à l'hôpital, réglé les hôtels à l'avance, préparé ses tenues à déchirer, les paquets de kleenex et les Lexomil.

Elle n'était retournée qu'une fois là-bas depuis qu'elle en était partie, en 2008. C'était pour le mariage d'une amie de l'armée. À peine avait-elle posé le pied sur la terre sainte qu'elle avait été saisie de crampes insupportables. Le médecin qu'elle avait consulté en urgence lui avait diagnostiqué un zona.

Elle avait passé dix-sept jours, clouée au lit, à délirer sous les effets de la fièvre et la douleur. Elle s'était juré d'attendre longtemps la prochaine fois avant de reprendre un avion d'Elal, la compagnie aérienne d'Israël. D'attendre d'être complètement guérie intérieurement. Elle s'était dit qu'il était probable que ce voyage n'ait pas lieu avant sa retraite.

Ce pays faisait partie d'elle. Son âme en était pétrie. Chaque recoin de sa pensée s'articulait autour des valeurs israéliennes, la dignité, la pudeur. Vouloir la paix autant qu'on se prépare à la guerre. Placer l'enfant au rang de roi et, pourtant, dès ses premières secondes, accepter l'idée qu'il puisse mourir au front pour que d'autres comme lui transmettent la flamme de l'espoir. Ce pays l'animait autant qu'il la consumait.

Mais, pour Rosa, elle était prête à affronter une récidive ou n'importe quelle autre manifestation psychosomatique de sa déchirure. Sa mère méritait la paix dans la mort. Elle méritait que jamais sa tombe ne soit souillée.

Léon tend une main tremblante à l'officier de police judiciaire du cimetière de Pantin, la seule personne accréditée à autoriser l'exhumation. M. Benoliel, le représentant de Hevra Kaddisha, lui sourit. Il officie au nom de l'organisation juive de référence pour ce qu'il nomme les « accompagnements dans l'au-delà », une assemblée de passeurs en somme. Il est là pour vérifier que le rite juif est respecté. « C'est important pour son âme, monsieur Rougemont », avait-il précisé au téléphone. Il a expliqué l'enjeu de chaque étape plusieurs fois, conscient que l'esprit oublie volontiers les « détails désagréables auxquels les proches vont être confrontés ».

Le fossoyeur creuse. Il s'interrompt à un mètre cinquante. C'est étrange. Dans son souvenir, Léon pensait que Rosa avait été enfouie bien plus bas sous terre. Il s'était d'ailleurs fait la réflexion que les employés des pompes funèbres avaient voulu l'éloigner le plus possible de la surface pour qu'il ne tente pas de la rejoindre.

— Vous pouvez y aller.

Le fossoyeur glisse une petite échelle dans la fosse, collée à la paroi. À Léon maintenant de rassembler ce qui subsiste du corps de sa femme, six ans après son enterrement.

Il n'y a plus de cercueil. Il s'y était préparé, mais la surprise est inévitable. Rongé, le bois. Il ne reste plus rien. À l'aide d'un plumeau, il balaie la fine couche de poussière et se fige.

Il reconnaît Rosa.

Sa Rosa.

C'est bien elle.

Il l'a tellement aimée, tellement serrée. Elle n'est plus là, mais elle est là. Il le constate à l'harmonie, la proportion de son squelette. Ses dents. Ses grandes dents blanches qui donnaient à son sourire un éclat sans pareil. Alors il se demande ce qu'il fait dans ce trou, à s'émouvoir d'approcher le cadavre de son épouse. Il est fou, cette fois il en a la preuve. Il se sent flancher, s'appuie à l'un des barreaux de l'échelle et regarde le ciel. Un mètre cinquante en réalité, vu d'en bas, c'est beaucoup. Il étouffe.

— Vous allez y arriver, monsieur Rougement. Le plus dur est presque passé. Ne vous laissez pas envahir.

Ces mots agissent comme une décharge. Léon se mue en robot sans émotions et se concentre sur sa mission.

Il confie les principaux os à M. Benoliel, qui les rassemble dans un linceul et lui tend un râteau, une pelle et un seau.

Léon n'en revient pas. Le voici de nouveau enfant, sauf que, en guise de récolte de coquillages à rapporter à la maison, il cherche sa femme.

M. Benoliel a répété la grande importance de cette deuxième étape. Le judaïsme accorde une considération particulière aux dépouilles. La valeur de la vie est imbriquée dans celle de la mort. Le voyage vers la sérénité implique donc le respect absolu de la dignité, à commencer par celle des enveloppes terrestres... Aucun os de Rosa ne doit rester sur le sol français si elle repose officiellement en Israël.

Léon amasse la terre dans le seau, remonte à la surface et étale le contenu sur la petite table blanche. Il faut distinguer les restes humains des cailloux. Entreprise délicate tant la ressemblance est trompeuse, parfois.

Victoire ! Il a retrouvé la phalange manquante de la main droite. Puis un orteil. Les autres morceaux ne sont pas anatomiquement identifiables sans connaissances médicales poussées mais, étant donné le nombre impressionnant de pièces, le puzzle est probablement reconstitué.

— Vous êtes très courageux, monsieur Rougemont, le félicite M. Benoliel. Je pense qu'elle est au complet.

La tournure est maladroite, l'homme s'en aperçoit, gêné. Léon éclate de rire. Il vaut mieux.

Comme il vaut mieux ne pas trop réfléchir à cette boue sur ses mains qui enveloppait encore quelques minutes plus tôt son épouse morte.

Comme il vaut mieux ne pas penser à ce moment si absurde où, à l'aide d'une pelle et d'un seau, il a reconstitué la femme de sa vie, en a cherché les morceaux avec un râteau.

Comme il vaut mieux ne pas laisser davantage s'installer cette insupportable culpabilité de l'avoir dérangée, égoïstement, dans son repos éternel, même pour la préserver.

Obéir. Se laisser guider, rassurer. Voilà à quoi servent les rituels. Prendre le relais de l'esprit quand il se désolidarise de la réalité trop brutale.

Il ne peut pourtant s'empêcher d'éprouver de la colère quant au prix d'être né juif. Être un juif en France, en 2012, c'est garder sa petite-fille pour éviter les attentats et déterrer sa femme pour qu'elle ne subisse pas ce que les tombes voisines ont subi.

Il rit puis finit par se taire.

Le silence juif, une fois de plus.

Devant lui, Rosa tient désormais dans un linceul blanc de trente-sept centimètres de long, que M. Benoliel enferme dans un petit cercueil en bois. À partir de maintenant, ni lui ni Léon ne peuvent s'éloigner de la défunte, jusqu'à ce qu'ils arrivent au cimetière de Kyriat Shaul.

Prendre l'avion avec elle pour Tel Aviv… Rosa rêvait que son cancer l'épargne assez longtemps pour un ultime voyage ensemble. Elle rêvait de rendre visite à Jeanne là-bas, passer un moment tous les trois en Eretz. Pourquoi pas un dernier Noël en famille ? En ce 22 décembre 2014, à quelques heures de s'envoler rejoindre Jeanne et Nina pour une semaine, le cœur de Léon se fissure. Décidément, sa femme parvient toujours à ses fins.

Le doigt

Peshawar, Pakistan, 24 décembre 2014

Elles étaient encore deux hier, dans la cage. En attendant le procès. Puis l'homme barbu a ouvert la porte et a saisi Sana par les cheveux pour lui refaire ce qu'il avait déjà fait. Ce que Khalid Khorasani avait fait à Rima. Ce que tant d'hommes barbus font subir aux jeunes filles.

Sana s'est débattue. Elle l'a mordu. Rima a vu ses dents se planter dans le cou de l'adversaire. Elle a entendu le cri de stupeur de celui-ci face à la rébellion d'une impure. Il a brandi son poing vers le ciel avant de l'abattre sur la bouche de Sana. Comme un éclair perce les nuages et fendille un arbre. Les dents de devant sont tombées. Sana toussait, éclaboussant le sol et le visage de l'homme de son sang.

Puis elle a refusé de ramasser ses dents éparpillées par terre.

Il a saisi la lame accrochée à sa ceinture et, lentement, lui a découpé un doigt.

Il a appelé les gardes, leur a dit que Sana avait tenté de s'échapper.

Ils l'ont emmenée.

Elle n'est pas revenue.

Le doigt traîne toujours au sol. Infesté de bestioles. La peau gondole en surface à leur passage. Rima fixe la danse macabre sans pouvoir en détacher les yeux. Elle y perçoit le message. Après la mort commence une vie.

Elle va mourir.

Les procès ici ne sont que des simulacres de justice.

Elle va mourir pendue ou lapidée.

Elle se demande au bout de combien de temps la douleur disparaît. Combien de temps faut-il à l'esprit pour s'échapper du corps lorsqu'il n'y a plus d'espoir ?

Parfois, dans ses rêves, elle revoit ses sœurs.

Aujourd'hui, c'est Zatisha qui vient la visiter. *Zatisha*, le surnom de sa grand-mère Zahra, morte lorsqu'elle avait cinq ans.

Zahra lui fait signe d'un endroit lumineux. Elle chante.

Elle chante la berceuse qu'elle ne pouvait que murmurer ici-bas. Pour ne pas être entendue des hommes. Pour ne pas enfreindre les règles.

Zatisha sourit. Elle chante, et elle sourit.

Il manque désormais une phalange au doigt de Sana. Une troupe d'énormes fourmis ont porté ensemble le dernier morceau de chair suspendu à l'os.

Haut-le-cœur.

Encore.

Le doigt est devenu gris.

Un rayon de soleil se reflète sur un éclat de verre par terre. Rima s'y accroche pour ne pas vomir. Le garde l'a prévenue que, la prochaine fois qu'elle salirait la cage, il ne nettoierait plus.

Rima fixe la petite lueur, comme une tique sur un chien. Elle voudrait aspirer la lumière, s'en nourrir, la laisser gonfler en elle.

Un nuage passe peut-être. Ou bien le soleil a tourné. Mais soudain, le scintillement faiblit. Alors Rima aperçoit le morceau de verre que le soleil caressait. Une dent.

C'était l'une des dents de Sana.

La nausée a gagné.

Des dates, des faits et des questions

Paris, 11 janvier 2015, 14 heures

Ils arrivent de toutes parts.

Un incroyable flot humain.

Il y a des enfants avec leurs parents.

Des groupes d'amis.

Des inconnus qui se sourient.

Ils sont de tout âge, de toute couleur de peau, de tout milieu.

Ils portent des pancartes, des casquettes, des T-shirts où l'on peut lire « Je suis *Charlie* ».

Certains y ont ajouté « Je suis flic ». « Je suis juif ».

Ils brandissent des drapeaux tricolores, des dessins de crayons versant une larme.

Ils ont recouvert leurs joues de traits bleu, blanc et rouge.

Ils ont écrit des phrases à l'encre bleue sur des banderoles.

Ils pleurent, se serrent dans les bras les uns des autres, embrassent parfois les policiers qui encadrent la marche républicaine au départ du cœur de Paris.

Ils sont la France qui s'insurge contre le terrorisme.

Ils lèvent vers le ciel les portraits des symboles d'un monde perdu où l'on pouvait rire de tout et tout critiquer, la religion en premier.

Ils pleurent la jeune Clarissa.

Ils compatissent avec la communauté juive.

Sur tous les immeubles, aux balustrades des fenêtres, des torchons, des soutiens-gorge, des draps aux couleurs de la France sont accrochés.

Le soleil de janvier éclaire cette marée humaine de l'espoir abîmé qui résiste.

Plus tard, le ministère de l'Intérieur estimera à deux millions le nombre d'âmes en peine venues manifester dans la capitale, confessant aussi son incapacité à fournir un décompte précis tant les rues étaient pleines et les systèmes de comptabilisation, dépassés.

Tous ces gens semblent hagards. Comme s'ils couraient après une époque où l'horreur n'avait pas eu lieu. Ils marchent dans les rues mais leur esprit s'égare. Les derniers jours ont été d'une telle cruauté que chacun tente de reprendre la chronologie pour tenter d'assimiler les informations que l'esprit et le cœur refusent d'admettre. Répéter. Récapituler à s'en épuiser. La presse, les artistes, les politiques les imitent. Des dates face à des faits. Mais rien ne parvient à atténuer la sidération.

Le mercredi 7 janvier 2015, deux frères, Chérif et Saïd Kouachi, ont pénétré dans la rédaction du journal *Charlie Hebdo* et tiré sur les membres de sa rédaction, assassinant douze personnes et en blessant onze autres. Le journal satirique paie un immense tribut avec la mort de Charb, de son vrai nom Stéphane Charbonnier, quarante-sept ans, directeur de la rédaction depuis 2009 ; Cabu, soixante-seize ans, dessinateur qui restera célèbre pour avoir inventé le « beauf », une caricature de Français gueulard, alcoolique, raciste, inspiré d'un patron de bistrot ; Georges Wolinski, quatre-vingts ans, pilier de la bande de *Hara-Kiri* puis de *Charlie*, maître dans l'art de l'humour vachard et de l'autodérision ; Honoré, soixante-treize ans, auteur du dernier dessin twitté par l'hebdomadaire, quelques instants seulement avant l'attaque, où le chef de l'État islamique présente des vœux : « Et surtout la santé ! » ; Bernard Maris, soixante-huit ans, économiste, qui signait pour *Charlie* des chroniques cinglantes sous le pseudonyme d'Oncle Bernard ; Elsa Cayat, cinquante-quatre ans, qui tenait deux fois par mois la chronique « Le Divan » ; et Tignous, pseudo de Bernard Verlhac, cinquante-huit ans, dessinateur, collaborateur régulier du journal.

« La France est aujourd'hui devant un choc, un choc qui est celui d'un attentat. Car c'est un attentat terroriste, ça ne fait pas de doute, par rapport à un journal qui avait été plusieurs fois menacé, et qui était justement protégé », a immédiatement déclaré François Hollande, le président de la République, en se rendant sur les lieux, avant d'ajouter : « Plusieurs attentats terroristes avaient été déjoués ces dernières semaines. Nous savions que nous étions menacés, comme d'ailleurs d'autres pays dans le monde. Nous sommes menacés parce que nous sommes un pays de liberté. Et parce que nous sommes un pays de liberté, nous conjurerons les menaces, et nous punirons les agresseurs. » Manuel Valls, Premier ministre, a quant à lui proclamé : « La France a été touchée dans son cœur. Chaque Français aujourd'hui est touché, horrifié. »

Très vite, on a appris que les frères Kouachi étaient nés à Paris au début des années 1980, dans une famille pauvre. Ils ont grandi dans le 19e arrondissement de la capitale, au cœur d'une cité devenue un repère notoire de pédocriminels. Leur engagement pour le terrorisme islamiste a commencé lorsqu'ils ont été recrutés pour le djihad par Farid Benyettou, chef de la « filière des Buttes-Chaumont » au début des années 2000.

Le lendemain, jeudi 8 janvier 2015, Clarissa Jean-Philippe, vingt-six ans, policière, a été abattue d'une balle de kalachnikov dans le dos, dans une rue de Montrouge, par Amedy Coulibaly. La mère de la jeune femme racontera plus tard que sa vocation pour les forces de l'ordre était apparue aux alentours de quatorze ans pour protéger sa maman des violences conjugales qu'elle subissait. Clarissa osait lancer régulièrement à son père : « Papa, si tu fais des misères à maman, c'est moi qui vais t'arrêter un jour. » Le lieu de la fusillade, à proximité de l'école juive et synagogue Yaguel Yaacov, a d'emblée alerté sur le fait que l'objectif initial du terroriste était probablement de tuer des juifs. Ce qu'il fera le lendemain.

Le vendredi 9 janvier 2015, Amedy Coulibaly a attaqué un supermarché casher près de la porte de Vincennes. Yoan Cohen, Yoav Hattab, Philippe Braham et François-Michel Saada seront assassinés, et Amedy Coulibaly retiendra en otages l'ensemble des clients avant d'être abattu à 17 h 12 lors de l'assaut du RAID et de la BRI.

On a appris que Coulibaly était ami avec les Kouachi. Qu'il avait rencontré Chérif en prison et que tous deux étaient devenus disciples de Djamel Beghal, Algérien arrivé en France à vingt et un ans, déchu depuis de sa nationalité française.

Réactions chronologiques : dès le 7 janvier, diverses théories du complot ont émergé, comme celle de Jean-Marie Le Pen qui émet des doutes face à « cette histoire de carte d'identité oubliée par les frères Kouachi », épisode qu'il rapproche du « passeport d'un des terroristes du 11-Septembre miraculeusement retrouvé dans un New York en cendres ». Ou celles de Dieudonné et d'Alain Soral, via Égalité et Réconciliation, qui publient des articles et commentaires présentant les attentats sous un angle complotiste utilisant les mêmes ressorts.

Al-Qaida dans la péninsule arabique a revendiqué l'attentat contre *Charlie Hebdo*, déclarant : « Des héros ont été recrutés et ils ont agi, ils ont promis et sont passés à l'acte à la grande satisfaction des musulmans. »

Amedy Coulibaly avait, de son côté, prêté allégeance à l'État islamique. Al-Qaida au Maghreb islamique a tout de même salué « les trois cavaliers de l'islam, héros de la bataille de Paris ».

Les figures mondiales de l'islam radical se sont réjouies à leur tour. Parmi elles, le Jamaat al-Ahrar au Pakistan.

D'autres réactions ponctuelles ont été enregistrées en Algérie, au Liban, en Inde, ainsi que sur Internet sous la plume d'un imam anglais, un prédicateur islamique australo-saoudien. En Turquie, deux journaux d'envergure ont titré, respectivement, « Attaque sur le magazine qui a provoqué les musulmans » et « Attaque sur le magazine qui a insulté notre Prophète ».

Les réseaux sociaux se sont embrasés et la fracture de la population française est alors apparue entre ceux qui se disent « *Charlie* » et ceux qui affirment « Je ne suis pas *Charlie* ».

Dates. Faits. Informations. Interprétations. Sidération.

Et, désormais, dimanche 11 janvier 2015, 14 heures, les français orphelins de Charlie et de la paix nationale, progressent dans les villes et les villages en quête de sens.

Pourquoi tu rigoles, papy ?

Paris, 11 janvier 2015, 14 h 15

Tariq est de réserve à l'hôpital. Il a cherché un moyen de se libérer, sans succès. Les urgences ont reçu une note ministérielle invitant tous les soignants à se tenir prêts si la marche devait mal tourner.

Clémence prévoit de se rendre en banlieue, dans les quartiers, avec d'autres militantes. La veille, elles se sont retrouvées chez son père. Une vingtaine à profiter du bel appartement de la rue de Courcelles, à boire du vin millésimé de la réserve secrète en préparant leurs pancartes. Clémence est la fille cadette d'un célèbre avocat. Blanc, bien sûr. Privilégié, évidemment. Et absent, comme toujours. Trop occupé à plaider on ne sait où pour mettre un Arabe sur la paille. Elle a hésité en choisissant sa tenue. Elle a finalement opté pour un keffieh bleu, blanc, rouge.

Elle s'est amusée des hasards de la vie en se regardant dans le miroir. Il y a quelques jours encore, elle était une autre, perdue, malgré les apparences. Elle a frappé fort avec l'histoire d'Isaias. Son article a déjà été repris par la presse, et même cité en exemple à Sciences Po Paris. Elle aurait pu s'en contenter, mais la tuerie de Charlie a eu l'effet d'un électrochoc en elle. Elle a enfin mis le doigt sur la raison pour laquelle, jusque-là, son raisonnement lui semblait encore bancal. Une déclaration d'Houria Bouzidi, l'une des activistes des Indigènes de la République s'est imposée comme une révélation.

« *Il n'existe pas d'universalité des causes mais des choix tactiques et stratégiques faits en contexte. Et la seule perspective qui prenne en compte tous les facteurs de race, de genre et de pauvreté, est la perspective décoloniale.* »

Rien de véritablement nouveau, mais Clémence a aimé le verbe de cette femme, la rage derrière chaque tournure, l'expression noire dans son regard. Alors elle a tout lu, tout écouté. Chaque tribune, chaque prise de parole, consignant les points essentiels dans un carnet qu'elle ne quitte plus.

Clémence n'avait jamais fait le lien entre le racisme et le sort des femmes, leur rôle clé. Elle ne s'était jamais revendiquée féministe d'ailleurs. Elle l'était par nature. Mais dans son esprit, jusqu'ici, l'urgence se situait ailleurs. La pauvreté, la pédocriminalité, le climat... Elle se considérait comme citoyenne du monde aux prises entre deux camps : les progressistes et les ultracapitalistes. Houria l'a enfin réveillée. Race et genre, le racisme et le machisme, partout, la domination perçue par les Blancs et les femmes au centre, le point de bascule.

Clémence connaît désormais son identité : une féministe intersectionnelle, engagée dans des combats révolutionnaires qui seuls permettront de bâtir la société à laquelle elle aspire. Une société guidée par la vision de ceux qu'on a effacés pour remplir nos frigos de trop de nourriture, remplir nos voitures de trop d'essence, remplir nos avions de trop de touristes, remplir nos cœurs de trop d'égoïsme. Sa mission est claire : réparer l'impact de son père et tous les autres Blancs prétentieux, racistes et violents, aux côtés de ses nouvelles sœurs de lutte, Houria, Rokhaya, Lauren. Ensemble, pour qu'enfin aboutissent les mobilisations indigènes.

« *Les crimes policiers, l'islamophobie, la négrophobie, la romophobie, les luttes mémorielles ainsi que la Palestine. Les femmes sont là où elles ont identifié la cause de leur oppression principale. Back to the race.* »

Tout se recoupe.

Vertigineux.

Dans son RER en direction de Bondy, des jeunes fixent son keffieh et elle se sent fière. Clémence se fait alors une promesse : ce 11 janvier est le premier jour du reste de sa vie.

Isaias a eu l'autorisation de quitter le centre d'hébergement pour la journée. Il a fait valoir sa volonté de s'intégrer à la France en partageant le deuil du peuple français. Il tient à marcher pour la liberté d'expression. En réalité, le calcul est plus pragmatique. Les drapeaux français se vendent comme des petits pains à Paris depuis quelques jours et son contact a réussi à en récupérer quatre caisses pleines.

Il faut les écouler place de la Bastille. Beaucoup d'argent à se faire en très peu de temps. Les caisses ne pèsent pas grand-chose. Il s'agit de simples petits morceaux de tissu collés autour d'une paille en plastique. Sous le coup de l'émotion, les manifestants partis les mains dans les poches pourront en acheter à volonté et les agiter vers le ciel, au-dessus de leur tête.

Isaias ne juge pas. Chacun ses combats et ses symboles. Hier il vendait des cigarettes, des briquets, des montres. Aujourd'hui, allons-y pour des drapeaux.

Léon attend Jeanne et Nina à l'angle du boulevard Richard-Lenoir et de la rue Nicolas-Appert. La police encadre toujours son quartier depuis le 7 janvier, pour les besoins de l'enquête.

Ciré jaune trop large pour elle, Nina se repère de loin. Léon fait un signe dans leur direction. La fillette lâche la main de sa mère pour le rejoindre en courant et saute dans ses bras.

— Prête pour ta première manif, mon amour ?

Ils ont hésité à l'emmener puis l'élan du cœur l'a emporté sur la précaution. Cette marche promet d'être unique. Un bon moyen de montrer à Nina l'union de la nation. Et de lui expliquer les dangers du terrorisme, aussi. Car la petite, qui a surpris trop de conversations et de bribes de reportages depuis trois jours, a demandé ce qu'étaient un attentat et une kalachnikov. Il va falloir lui répondre sans causer plus de dégâts. Marcher au milieu de la foule est la première étape de l'explication.

Arrivés sur la place de la Bastille, Nina réclame un petit drapeau. Des vendeurs à la sauvette en proposent un peu partout. Jeanne s'approche d'un homme grand, au regard triste.

— Comment tu t'appelles ? demande-t-il à l'enfant en lui tendant un drapeau bleu, blanc, rouge.

— Nina ! Et toi ?

— Isaias.

Jeanne entraîne sa fille vers le départ du cortège. La petite salue son nouvel ami en s'éloignant. Quelques mètres plus loin, elle tape du pied :

— Maman, je veux un autre drapeau, il est abîmé !

Jeanne inspecte son achat.

— Non, chérie, il est nickel.

— Si, regarde !

Nina indique à sa mère une tache rouge sur la partie blanche. Jeanne frotte, la trace persiste.

— C'est rien, ma puce.

— Un autre, maman !

— Non, tu gardes celui-ci, il est spécial.

Nina semble satisfaite de cette explication et accepte de se remettre en route.

Jeanne et Léon croisent un homme à la silhouette imposante, le genre qu'adorait dessiner Cabu. Il arpente le trottoir muni d'une pancarte « Je suis hypercasher ».

Le vieux juif ne peut retenir un rire. Jeanne suit son père.

— Pourquoi tu rigoles, papy ?

— Pour rien, ma chérie, la vie est surprenante.

La place se remplit à un rythme soutenu. Nina est bousculée à plusieurs reprises. Jeanne préfère attendre que le cortège de tête avance pour que le flux de manifestants s'allège. Elle indique à son père la rue Jacques-Cœur derrière, pour patienter à l'abri de la foule. Ils se faufilent parmi les passants et pénètrent dans la ruelle. Plusieurs stands de militants distribuent des tracts aux couleurs qui tranchent avec le reste. Rouge, noir, vert. Une dizaine de jeunes lycéens entonnent un slogan familier : « *From the river to the sea, Palestine will be free.* »

Jeanne se fige. Pourquoi ? Pourquoi à cet instant ? Pourquoi convoquer une guerre sans lien avec ce qui se joue, ici et maintenant ? Pourquoi diviser au lieu d'unir ?

Les dates se mélangent comme les années, les lieux. Les souvenirs la rattrapent et l'aspirent comme le rouleau d'une immense vague qui l'entrainerait en eaux profondes.

D'autres minutes circulaires

Entre Paris et Tel Aviv,
11 janvier 2015 et 24 décembre 2007

« Palestine vivra, Palestine vaincra », entonnent les jeunes du stand. Un hymne avant de s'élancer dans la Marche Républicaine. Jeanne n'a jamais compris qu'on récupère les expressions de supporters pour évoquer des vies humaines en danger. Pro-palestinien. Pro-israélien. Qu'est-ce que cela signifiait au fond ? Pourquoi les Français s'obligeaient-ils à choisir ? Le défi était justement de parvenir à être et à rester les deux. Ne pas tomber dans une obsession mortifère opposant deux camps. Deux équipes. Un match sordide.

À chaque révolte populaire du pays, contre des lois touchant au travail, aux transports, aux retraites, des gens s'infiltraient dans les cortèges pour les inonder d'autres motivations, accompagnant leur élan solidaire de vindictes anti-juives de plus en plus limpides. Si nombre de personnes pouvaient ignorer que « *From the river to the sea* » était une invitation à l'éradication d'Israël et de ses habitants, proposant de les étouffer de la rivière du Jourdain à la mer Rouge, les pancartes « Mort aux juifs », elles, ne souffraient plus d'aucune ambiguïté.

Pour Jeanne, la pression s'était intensifiée au fil des années. Dès le milieu des années 1990, les premières vagues d'attentats du Jihad islamique avaient sonné l'alerte d'une ère nouvelle. À l'époque, elle vivait en France : adolescente, elle venait d'arriver dans un collège qu'elle ne connaissait pas, déjà consciente du poids de son judaïsme et d'un antisémitisme inexplicable autour d'elle.

À plus de quatre mille kilomètres de Paris, des kamikazes se faisaient exploser dans des bus pleins d'enfants allant à l'école, des marchés en plein air, des centres commerciaux. En France, les journaux télévisés comptaient les victimes en amalgamant les morts israéliens et les terroristes palestiniens décédés lors de l'attaque. Comme si les terroristes étaient victimes aussi, disséminant ainsi l'idée que le coupable demeurait Israël, que même un assassin, quand il s'en prenait aux Israéliens, n'en était pas vraiment un.

Jeanne interrogeait ses parents : pourquoi les gens qui informaient les Français de la violence là-bas s'adonnaient à ce décompte pervers ? Personne ne pouvait lui répondre. Sans doute la réponse était-elle trop désolante.

En 1996, il y avait eu l'attentat de Pourim où un kamikaze s'était fait exploser lors du carnaval des enfants au cœur de Tel Aviv. Nul ne s'était ému, en France, pays des droits de l'homme, de ces écoliers de maternelle déchiquetés au milieu de la rue. Il fallait avant tout comprendre la misère du peuple palestinien qui poussait les plus désespérés et donc radicalisés à une forme de suicide. Une mort violente certes, mais qu'une grille de pensée française, soi-disant progressiste, considérait comme un acte de résistance, quand en réalité intellectuels, artistes et politiques légitimaient qu'on torture des civils pour une idéologie de destruction.

Chaque semaine, on pleurait des dizaines de morts, dans un pays dont la population totale avoisinait celle de l'Île-de-France. Chez Jeanne, on se sentait terriblement seuls. Entre juifs, et seuls. La communauté s'affolait, tentait d'alerter sur les dangers de l'islam radical, un projet politique qui se revendiquait de la religion tout en la dévoyant. Mais on leur opposait alors l'argument qui coupe court au dialogue : pas d'amalgame. Halte à la paranoïa juive. Israël mettait le feu aux poudres qui l'embrasaient. Plutôt que d'être les boussoles, les juifs devenaient des fusibles.

1997, 1998, 1999, 2000, toujours plus d'attentats en Israël. Pas une famille du pays n'avait été épargnée. Lorsque Jeanne échangeait avec ses proches sur place, tout le monde avait un cousin, une tante, une sœur, morts ou gravement mutilés. Le terrorisme était palpable, laissant des traces indélébiles sur les passants dans les rues. Une population entière, composant au quotidien avec le choc post-traumatique.

En France, pourtant, les élites au pouvoir condamnaient systématiquement Israël devant les caméras, espérant s'acheter un sursis de paix sociale en sacrifiant les juifs. Jeanne, jeune adulte alors, s'indignait. Refuser de condamner le terrorisme islamiste pour éviter de blesser les musulmans, pire, penser les flatter sur le dos des juifs… N'était-ce pas la définition même du racisme ? N'était-ce pas au contraire, les assimiler à ces terroristes ? Faire de l'obscurantisme une voie possible de l'Islam, quand il aurait fallu l'en distinguer et en punir les adeptes ?

Le 11 septembre 2001, Jeanne commençait son internat de médecine à l'hôpital de la Salpêtrière à Paris. Elle assistait à une opération de neurochirurgie lorsqu'un avion s'était écrasé sur la première des Twin Towers. Des années plus tard, elle se souvient exactement de chaque détail, exactement de ce qu'elle était en train de faire quand elle avait appris l'horreur de l'autre côté de l'Atlantique. Le fanatisme à l'échelle maximale, l'effondrement d'un symbole en direct, l'Amérique qui sombrait, qui errait sous la poussière, la torture de l'attente, les recherches de corps ensevelis sous les décombres.

Jeanne s'était sentie terrassée. Le terrorisme voyageait désormais, affirmant son axe anti-occidental. La fille de Lydia, une amie de sa mère, venait d'être hospitalisée à New York. Elle était enceinte de sept mois, et son mari,

David, travaillait au World Trade Center. Personne n'avait de nouvelles. Les médecins craignaient pour la santé de l'enfant au creux d'une mère désespérée.

Dévastée, Jeanne avait entrevu malgré tout une lueur d'espoir : enfin, le monde allait comprendre et se décider à lutter d'un même souffle contre l'islamisme dont les membres, galvanisés par leur coup d'éclat, annonçaient le début d'une vague de terreur partout où on ne se soumettrait pas à leur charia. Enfin, les sociétés occidentales allaient se rendre compte que les terroristes islamistes n'attaquaient pas les populations pour ce qu'elles faisaient, mais pour ce qu'elles étaient, renouant ainsi avec les pires heures de l'histoire mondiale. Qu'il n'y avait ni négociation, ni raisonnement possible. Que les musulmans eux-mêmes en étaient les premières victimes et que ces combattants s'octroyaient le droit de penser à la place du Tout-Puissant. Aucune diplomatie, aucune démocratie ne feraient jamais le poids face à des ordres divins imaginaires.

Pourtant, à la cantine de la Salpêtrière, le 12 septembre 2001, Jeanne avait dû subir ces mots de la part de son directeur de stage : « Quelque part, les Américains n'ont que ce qu'ils méritent, ils n'auraient jamais dû emmerder les Irakiens. »

Pourtant, dans les locaux réservés aux internes de l'hôpital, un groupe d'étudiants « Free Palestine » avait assiégé une salle. Et la petite musique s'était remise en route. On suspectait les juifs d'avoir orchestré la plus grande escroquerie du siècle. On reprochait à Israël de déstabiliser l'ordre mondial. Parce que, bien sûr, seul le Mossad avait pu organiser un tel chaos. Jeanne s'était sentie affreusement mal. La plupart des étudiants n'adhéraient pas à ces théories complotistes, mais ils étaient nombreux à admettre qu'Israël avait nécessairement une responsabilité dans la montée du fanatisme.

L'année 2001 avait vu des milliers de juifs français fuir leur pays pour rejoindre Israël, espérant y trouver enfin un peu de respect, une protection, une terre d'accueil. À l'été 2003, malgré les supplications de sa mère pour qu'elle renonce à ce projet fou, Jeanne avait atterri à son tour à l'aéroport Ben Gourion dans l'idée de ne plus jamais repartir.

À ce moment-là, elle venait d'être diplômée de psychiatrie française, reçue à sa thèse avec les félicitations du jury, mais elle ne se sentait pas capable d'endurer les confidences de possibles antisémites sur son divan. *Ola Hadacha*, nouvelle arrivante sur sa terre ancestrale, elle avait effectué son service militaire au sein de Tsahal, durant deux ans. D'abord assistante pour les médecins réservistes, elle avait ensuite été mutée dans un hôpital militaire où elle avait servi son nouveau pays tout en apprenant l'hébreu et en passant ses équivalences de médecine.

Très vite, elle s'était sentie chez elle. Elle avait compris ce sentiment d'appartenance à une Nation qu'évoquaient tant de Français en France, auquel elle n'était jamais parvenue à s'identifier totalement. Elle connaissait, au fond, sa condition de juive de la diaspora. Elle savait que tôt ou tard, pour sa sécurité physique et mentale, il faudrait partir. Parmi ses amis, ceux de ses parents, tous les juifs qu'elle avait pu croiser au cours de sa vie, la même règle s'appliquait depuis plus de trois mille ans : personne n'était né sur la même terre que ses grands-parents. La règle maudite des trois générations.

Avaient alors commencé pour elle des années d'une intensité émotionnelle unique. « *Haval al hazman* », comme disent les Israéliens pour qui le temps présent est le seul qui compte. Un attentat pouvait éclater n'importe où, n'importe quand. Les terroristes se mêlaient à la foule, impossible de les identifier. Ils étaient une femme cachant une bombe dans un landau, ils étaient un adolescent vêtu d'une ceinture explosive sous son jean, ils étaient un homme au physique israélien typique. Ils s'approchaient. Une prière de quelques mots, « *Allahu akbar* », et soudain la déflagration. La rumeur, le chagrin. Et les lendemains plus forts. Parce qu'il n'y avait pas d'autre endroit où aller et qu'une existence ternie revenait à leur offrir une victoire supplémentaire.

Domestiquer la peur, accepter la possibilité de sa propre mort, accepter l'absurdité de sa présence ici-bas, accepter que quoique vous fassiez, on ne vous aimera pas, accepter que se défendre en tant qu'israélien impliquera partout dans le monde d'être jugé, banni, que des foules à des milliers de kilomètres manifesteront leur haine, que des étrangers refuseront de comprendre que vous voulez juste vivre tranquille, que vos gosses ne crèvent pas plus tard au combat, dans une guerre qu'ils n'auront pas choisie, ou sur le chemin de l'école.

Jeanne s'était adaptée à cette impossibilité d'être aimée en dehors du pays qu'elle s'était choisie, elle, qui avait toujours tant eu besoin qu'on l'aime. Finalement, la gravité quotidienne israélienne que seule la légèreté permettait de supporter l'avait libérée. Elle avait multiplié les relations amoureuses sans réelle implication, elle s'entraînait au combat, à l'endurance, se musclait. Elle se sentait forte, prête à réagir en cas d'attaque. Elle était belle, bronzée, passait ses week-ends à la plage, partageait un narguilé avec ses amis au soleil couchant et dansait le soir au bord de l'eau.

Exercer la médecine psychiatrique pour l'armée lui plaisait. Il fallait veiller au moral des troupes, s'assurer que le désespoir ne gangrène jamais Tsahal. Un enjeu de taille qui la motivait.

En avril 2006, elle avait été convoquée à une formation dans un hôpital du Nord. Le deuxième jour, la séance du matin avait été interrompue. Un attentat venait d'éclater, une dizaine de blessés devaient être pris en charge en urgence absolue, il fallait accompagner les familles. L'un des trois terroristes se trouvait entre la vie et la mort et les renseignements exigeaient qu'il survive. Les premières informations étaient parvenues déjà : il venait de Qalqiya en Cisjordanie. Les forces spéciales israéliennes avaient pénétré dans la ville pour conduire sa mère, Hind, et deux de ses sœurs à son chevet. Il fallait les interroger, elles aussi, pour évaluer leur degré d'implication dans l'attentat. Jeanne avait hérité du premier interrogatoire de Nawal, l'une des sœurs de la famille Hamdan.

En ouvrant la porte, Jeanne avait découvert une petite fille de huit ans, peau mate, boucles blondes et grands yeux verts. Nawal lui avait souri et avait demandé si elle risquait d'aller en prison. Elle avait ajouté qu'elle avait peur des soldats, qu'ils faisaient trop de bruit et trop de peine à tout le monde. Jeanne avait dégluti. Une si petite fille ne pouvait pas mentir. Une si petite fille n'était que ressenti. Jeanne l'avait rassurée autant qu'elle avait pu : ici, avec elle, Nawal ne risquait rien. Elle n'irait pas en prison, personne ne lui ferait de mal. Assise sur une chaise, Nawal balançait ses jambes qui ne touchaient pas terre, puis elle avait accepté de boire le verre d'eau que Jeanne lui tendait.

Elle avait raconté que sa maman pleurait beaucoup parce qu'elle avait faim et que son neveu était mort à cause des juifs. Que son papa ne pouvait plus travailler parce que le mur avait mangé ses arbres. Que les soldats étaient entrés plusieurs fois dans sa maison avec des fusils et qu'ils avaient obligé son papa à sortir encore nu de la douche, les mains en l'air, et que toute la rue avait dû fermer les yeux. Elle avait dit que son frère, désormais blessé dans cet hôpital, était toujours gentil avec elle, qu'il lui avait promis que, bientôt, ils auraient une belle maison et qu'elle recevrait un costume de princesse. Ce serait son cadeau d'au revoir parce qu'il partait pour une mission importante, qu'il ne serait plus là pour le lui donner en mains propres, mais qu'il la verrait de là-haut et qu'elle devait lui promettre de ne pas l'oublier.

Jeanne n'était pas parvenue à refréner ses larmes. Cette petite lui fendait le cœur. Nawal lui offrait le récit d'une préparation d'attentat et, pourtant, Jeanne ne pouvait s'empêcher de considérer cette enfant pour ce qu'elle était : une fillette qui aimait son frère et rêvait d'une poupée.

Jusqu'alors, dans son esprit, Qalqiya n'avait été qu'une histoire de mètres dépassés, de ligne rouge sur le tracé du mur. Elle avait conscience de l'absurdité de cette non-solution et savait qu'il faudrait rendre ce territoire aux Palestiniens. La Cour suprême avait tranché en faveur des habitants, la gauche israélienne criait au scandale, le mur de sécurité les enfermait tous, quel que soit le côté où l'on se trouvait. Israël avait espéré par ce mur obtenir une trêve sécuritaire – et de fait, avait subi six fois moins d'attentats terroristes qu'auparavant. Mais à quoi bon si le résultat était une nouvelle guerre dans un an, cinq ou dix ? Le mur ne garantissait pas l'absence de guerre, sa destruction non plus. Tout le monde avait raison. Tout le monde avait tort.

Qalqiya, ville dont l'économie reposait en majorité sur l'exploitation agricole, se retrouvait presque totalement encerclée par le mur, la vie de ses habitants cantonnée aux barbelés. La moitié d'entre eux avaient perdu la possibilité de cultiver leurs exploitations, désormais situées en territoire israélien. Bien sûr, il y avait des menaces avérées, des explications données aux contours de cette frontière… Mais il y avait aussi Nawal qui avait faim et rêvait de devenir une princesse.

Jeanne avait vacillé. Les petites Nawal, pauvres, désespérées dès le biberon, Israël en regorgeait aussi. Elles s'appelaient Elinor ou Mia, mais quelle différence ?

Dans la salle de réunion, Moran, une infirmière, avait laissé exploser sa colère. La mère du terroriste demandait à ce qu'on ne ranime pas son fils. S'il mourait en martyr, elle percevrait une copieuse somme d'argent des organisations palestiniennes au pouvoir, de quoi payer sa maison et nourrir sa famille. Son fils avait pris la courageuse décision de donner sa vie afin de sauver les siens de la misère. Sans cette aide, l'existence des Hamdan deviendrait un enfer… Les joues de Moran avaient viré à l'écarlate : comment cette femme, Hind, osait-elle réclamer aux médecins israéliens qui soignaient gratuitement son enfant, qui secouraient aussi les victimes de l'attentat qu'il avait perpétré, de le laisser aller au repos pour satisfaire une organisation terroriste ?

Refaël, un aide-soignant, avait assuré qu'il comprenait. Qu'on ne pouvait pas laisser cette population dans la misère et s'étonner ensuite qu'ils sombrent. En quelques secondes, la conversation avait tourné au carnage. Refaël évoquait avec dégoût ces nationalistes religieux prêts à tout pour reconstituer le « Grand Israël », trop souvent racistes, violents, misogynes. Pour eux, les femmes devaient être couvertes de la tête aux pieds et se contenter d'élever des ribambelles de futurs adeptes de Dieu. Mais comment éviter leur essor après tant d'échecs du processus de paix ? avait répliqué Moran. Après tant de chances laissées à la gauche israélienne pacifiste et progressiste, qui avait été au pouvoir plus de cinquante ans sur soixante-dix de démocratie ?

Bien sûr qu'il fallait des écoles en territoires palestiniens, du travail, des routes, des papiers d'identité, de l'espoir, mais comment protéger les Israéliens, là, tout de suite, maintenant, quand chaque semaine on déplorait des victimes ? Comment insuffler assez le goût de la paix à des générations héritant de récits tragiques, des désillusions, des guerres et des morts de leurs proches ? Comment y croire quand on passait sa vie à prendre soin d'un enfant mutilé par un attentat ?

Jeanne se sentait perdue, illégitime aussi à donner son point de vue. Elle n'était pas vraiment française en France, mais pas non plus israélienne en Israël. Parce qu'être israélien nécessitait un vécu conséquent de déchirure. Trois ans sur place ne suffisaient pas. Elle n'avait pas non plus de parents survivants d'une guerre, ni d'enfants mobilisés. Pas d'arguments en somme pour conquérir sa place dans le débat.

La région ressemblait à une plaie purulente qui infectait tous ceux qui s'y aventuraient. Le danger rendait fou, l'enfermement rendait fou, le bruit des bombes, des roquettes rendait fou, la suspicion à chaque coin de rue rendait fou, la pression internationale, l'intrusion permanente rendaient fous.

Tous.

Ils devenaient tous fous. Nawal qui remerciait son frère d'avoir fait d'elle une princesse en se faisant exploser, sa mère, les médecins, les victimes de l'attentat. Jeanne avait dû courir aux toilettes, vomir ses tripes. Jamais, jusque-là, elle ne s'était dit que l'avenir pourrait ne pas avoir lieu. Que le chaos n'était pas un mythe. Le chaos, c'était deux voisins qu'on oblige à vivre face à face quand il faudrait être côte à côte.

Lorsqu'elle était sortie des toilettes, le teint verdâtre, Refaël l'avait attrapée par le bras et l'avait entraînée dans une chambre vide. Il l'avait allongée sur un lit et lui avait demandé de se taire. Hagarde, Jeanne s'était laissé faire. Refaël lui avait posé une perfusion pour la réhydrater et lui avait interdit de bouger avant que le sac soit vide. « Ma mère avait ton âge quand elle est arrivée ici. Elle a encore du mal dans ce genre de conversations. Il faut que tu prennes du recul, Jeanne », avait-il murmuré avant de retourner auprès de ses patients. Lorsque Jeanne avait quitté la chambre, Nawal était partie. L'équipe du soir avait refusé de répondre à ses questions sur la famille Hamdan et ce qu'il était advenu de ces gens. Mieux valait passer à autre chose. Oublier, vite. Effacer, de peur d'être considérée comme une Franco-israélienne aveugle ou un soutien de la perversité des terroristes.

Le 12 juillet 2006, les tirs de roquettes s'étaient intensifiés au nord d'Israël, provenant du sud du Liban. En parallèle de cette attaque, le Hezbollah avait envoyé un commando sur le territoire israélien et capturé huit soldats. La pression était montée et, en quelques heures, ce que l'on appellerait la seconde guerre du Liban, « Milhemet Levanon HaShniya », avait éclaté. Personne ne savait alors qu'elle durerait trente-trois jours. Trente-trois jours de combats jusqu'à la trêve décrétée par l'ONU, le 11 août. Refaël avait prévenu Jeanne, devenue une amie : la période qui commençait la marquerait à jamais. Elle devait se préparer.

Avec quelques autres, Jeanne et Refaël faisaient partie de la cellule psychologique à disposition des soldats qui revenaient du front. Ils avaient entre dix-huit et vingt-cinq ans. Pour la plupart, ils étaient restés plusieurs semaines dans des tanks. Ils avaient vu des amis mourir. Ils avaient passé des jours à suspecter le moindre bruit, le moindre craquement de brindille. Ils étaient en état de vigilance maximale et peinaient à en sortir.

L'un d'eux, Gavriel, n'avait plus revu son meilleur ami, Itaï, depuis qu'un éclat de grenade lui avait déchiqueté l'entrejambe. Il ne parvenait pas à répondre à la mère d'Itaï qui lui avait laissé plusieurs messages sur son téléphone. Des messages qu'il n'avait pas pu écouter. Itaï était le plus fort des deux. La veille du départ pour le front, Gavriel avait fondu en larmes. Son grand frère était mort dans un attentat dix ans auparavant et un de ses oncles lors de la première guerre du Liban. Lui n'avait pas le droit de mourir, autrement, il emporterait les siens dans la tombe. Itaï l'avait rassuré. Un pas après l'autre. Enfiler l'uniforme. Se rendre à la base. Couper le téléphone. Écouter les consignes. Obéir. Et se protéger les uns les autres à chaque seconde. Parce que Tsahal n'abandonne jamais l'un des siens.

Gavriel s'était demandé si Itaï était au courant de l'impact de l'explosion. Son infirmité que rien ne pourrait réparer. La vie sans intimité. Sans identité. Sans jouissance. Sans enfants.

Jeanne avait aussi reçu Sahar, qui venait de commencer son service. Dix-huit ans tout juste et un fusil entre les mains au poste frontière, seul avec Aviv, d'un an plus âgé. Un commando de quatre combattants du Hezbollah était arrivé dans leur direction. Sahar avait aussitôt appelé du renfort. Les terroristes avaient ouvert le feu. Une balle avait frôlé sa joue, il en portait encore la cicatrice. Aviv avait été touché à la jambe. Impossible de courir dans l'abri, impossible de le porter, impossible de faire quoi que ce soit, Sahar s'était mis à tirer. L'un des assaillants était tombé du pick-up, du sang avait jailli de sa gorge. Les autres avaient fait demi-tour, abandonnant leur camarade. Lorsque les forces d'identification étaient venues le récupérer, Sahar avait aperçu son visage. Il ressemblait à son frère. Il devait avoir le même âge que lui. Depuis, Sahar ne dormait plus. Il avait tué un être humain. Dès qu'il fermait les yeux, aussitôt les cris. Il avait tué un être humain de son âge. Il s'assoupissait et sursautait. Il avait tué un être humain. Il avait tué son frère. « Non, pas ton frère, lui répètait-on, ton frère va bien. » Mais Sahar n'entendait pas. Il avait la conscience altérée. Peut-être ne sortirait-il de cet état traumatique que dans quelques années. Peut-être jamais.

Gadi, lui, avait tenté de se suicider sept fois, il ne supportait pas les images dont il avait été témoin.

Dan, Neri et Yoav étaient désormais en fauteuil roulant, une balle avait touché irrémédiablement leur moelle épinière.

Motti demeurait incapable de parler et de manger. Une sonde se chargeait de le nourrir.

Erez pensait être prisonnier au Liban. Personne ne pouvait l'approcher sans protection car il cognait tout et tout le monde. La peau de ses doigts était en lambeaux.

Quelques semaines dans ce service, et Jeanne mourait à petit feu. Le prix de la paix relative à Tel Aviv lui semblait trop lourd, trop injuste. Aucun de ces gamins n'aurait de vie normale. Aucune de leurs familles non plus. Depuis la décolonisation anglaise de la région, des guerres, des batailles comme ça, il y en avait eu six en cinquante ans, toutes déclarées par les pays voisins, attaques auxquelles il fallait ajouter près de quatre cents attentats meurtriers contre des civils.

Alors, c'était mathématique : les familles de Gadi, Itaï, Gavriel, Sahar, Erez et tous les autres avaient déjà connu la guerre avant leurs enfants. Ils avaient déjà perdu des frères, des pères, des amis avant eux. Ils avaient fait naître leurs enfants en sachant qu'ils les condamnaient à la guerre un jour, qu'ainsi serait le sort d'Israël et son peuple tant que l'islam radical trouverait des bras et des finances dans le monde.

Puis on parcourait quelques kilomètres et l'héritage de désespoir semblait le même. Parce qu'une armée de fous de Dieu s'étaient emparés du pouvoir et avaient fixé pour objectif absolu la destruction d'Israël et des juifs, les enfants à peine nés devenaient les martyrs de demain, futurs assaillants d'Israéliens déshumanisés. De simples cibles. L'enjeu était-il réellement la terre ? Peut-être au fond s'agissait-il d'un match, se disait Jeanne alors. Le match des interprétations divines.

Les jours qui avaient suivi l'attentat, Jeanne pensait sans cesse à Nawal, puis à celle qu'elle deviendrait, la Nawal de 2015, 2020, 2025… Resterait-elle dans cet enclos de malheur ? Comment élèverait-elle ses enfants après ça ? Comment ne pas reproduire la guerre quand on n'avait connu que ça ? Jeanne maudissait les dirigeants de part et d'autre des frontières qui refusaient de signer les traités de paix.

Quelques semaines dans ce service, et Jeanne sentait une tristesse crasse l'envahir : comme le sang qui coulait dans ses veines, le chagrin alimentait chacun de ses muscles, de ses organes vitaux. Elle le sentait remonter le long de son dos, s'infiltrer dans ses souvenirs joyeux, tuer l'espérance au plus profond d'elle-même. *Haval al hazman*. Mais comment profiter du moment présent quand on ne sait plus ce que profiter signifie ?

Un soir, elle demanda à quitter la base plus tôt. Soixante-douze jours sans interruption à affronter cette misère qui ne prendrait jamais fin, elle ne tenait plus. Ses parents étaient inquiets, ils la trouvaient distante au téléphone, lui demandaient sans cesse si elle dormait assez, mangeait assez. Elle avait perdu dix-sept kilos, mais elle n'en soufflait pas un mot.

Elle attendait son bus pour rentrer chez elle. À côté, sur le banc, une femme enceinte au téléphone berçait son bébé d'environ deux ans dans une poussette. Elle lui avait souri. Un instant fugace mais chargé d'humanité, une solidarité entre femmes, entre inconnues. Juste avant l'horreur.

Jeanne vérifie qu'elle a bien emporté sa boîte de tranquillisants. Le temps de relever la tête de son sac, elle aperçoit la voiture. Un véhicule cabossé qui fonce droit sur elles. Alors, elle surprend le regard du conducteur, sa détermination à la tuer. Les tuer. Face à elles, derrière son volant, il accélère encore, ses yeux d'un noir d'encre. Des yeux qui disent : « Tu vas mourir, sale juive, et je vais m'en réjouir. » Jeanne n'a pas le temps de crier. La voiture la percute. Puis une explosion. Elle perçoit le choc, les morceaux de verre de l'abribus, la voiture en feu, l'homme sans visage à l'intérieur, la mère à côté qui hurle. Un cri animal. Une déchirure effroyable. Et puis plus un son. Jeanne n'est que douleur. Une plaie à vif. La bombe a explosé. Jeanne a perdu l'ouïe. Le sang trouble sa vue. Elle a l'impression de glisser, s'agrippe à un morceau de bois. Le morceau de bois se soulève, léger. C'est la jambe du bébé.

La jambe du bébé.

Jeanne s'était réveillée à l'hôpital, bandée du bassin au cou. Deux fractures, trois éclats d'obus qu'il avait fallu retirer. L'enfant. Où était l'enfant ? Lui avait-on rendu sa jambe ? On l'avait sédatée. Quand elle s'était réveillée à nouveau, ses parents étaient à son chevet. Avec les médecins, ils lui avaient expliqué qu'elle allait devoir subir encore plusieurs opérations, qu'on ne savait pas exactement quelles seraient les séquelles, que son rétablissement durerait probablement des mois. Ils lui avaient annoncé aussi que l'attentat avait fait quatre morts. La maman à côté d'elle avait perdu le bébé qu'elle portait. Légalement, un fœtus ne compte pas, mais en réalité cinq âmes s'étaient envolées. Le petit Yotam n'avait plus qu'une jambe. Pour le moment, sa famille n'avait pas les moyens de payer sa prothèse, une cagnotte s'était ouverte en France où résidait une partie de sa famille.

Jeanne s'était alors pliée aux exigences des médecins, des kinésithérapeutes, de son psychiatre. La tristesse ne la lâchait plus. Une seconde peau. Lorsqu'elle avait quitté le centre de rééducation pour l'établissement de réhabilitation post-traumatique dans lequel on lui imposait un séjour de durée inconnue, Jeanne avait exigé que ses parents repartent. Elle ne voulait plus voir personne. Les idées noires imprégnaient sa peau comme un tatouage indélébile.

Revenue en France, Rosa était tombée malade mais Jeanne, dont les anxiolytiques modifiaient le jugement, n'avait pas perçu la gravité de son mal. Elle était ailleurs, la réalité ne se frayait plus de chemin vers son esprit. Les médecins lui répètaient que deux ans s'étaient écoulés depuis l'attentat, qu'on fêterait bientôt le nouvel an 2008, mais Jeanne revivait inlassablement cette journée de septembre où elle avait ramassé le morceau de bois qui était la jambe du petit Yotam, hantée par le regard de démon du terroriste qui lui avait foncé dessus avant de se faire exploser. Elle ne savait pas pourquoi elle avait survécu. Elle ne savait pas si Yotam avait pu obtenir une prothèse. Elle était spectatrice du temps. Victime des minutes circulaires qui tournaient autour d'elle jusqu'à l'étourdissement.

Elle ne s'était réveillée de sa léthargie qu'à l'appel de son père qui lui avait annoncé, le 24 décembre 2007, que Rosa était morte. Aussitôt, Jeanne était rentrée en France. Elle avait laissé ses vêtements, ses livres, ses meubles en Israël. Elle se sentait incapable d'y demeurer une minute de plus.

Le 2 janvier 2008, on avait enfin enterré sa mère. Mourir en France durant la trêve des confiseurs impliquait apparemment d'attendre neuf jours à la morgue avant un au revoir digne. Elle avait rencontré Jonathan en recevant ses condoléances. Il était gentil, doux, maigre, prévisible.

Il voulait se marier, fonder une famille. Une vie tranquille. Elle avait accepté. Elle prenait tout. Tout pour s'échapper d'elle-même. Ses choix, ses regrets. Ils s'étaient mariés deux ans plus tard et de cette union était née Nina, le 3 octobre 2011.

Cinq mois plus tard, Mohammed Merah avait pénétré dans une école juive où il avait abattu des enfants au son de « *Allahu akbar* ».

Jeanne s'était effondrée. La panique qu'elle avait endormie au fond d'elle s'était réveillée et avait fait éclater tout ce qu'elle avait tenté de construire pour oublier Yotam, la femme de l'abribus, Sahar, Gavriel, Erez et les autres. Elle avait divorcé, repris une consultation dans un hôpital de la banlieue parisienne, pensant s'abrutir de travail, et avait rencontré Tariq. Depuis, elle tentait d'oublier le monde autour. Il y avait sa fille, son père, son amour et la psychiatrie. Elle ne pouvait s'ouvrir à d'autres possibles. Le moindre imprévu, et sa construction bancale s'effondrerait.

Alors quand, ce 11 janvier 2015, tandis qu'elle s'apprête à marcher parmi les Français contre le terrorisme islamiste, elle se retrouve nez à nez avec ces jeunes scandant, pleins de rage, keffieh autour du cou, « *From the river to the sea, Palestine will be free* », le souffle lui manque. Haletante, elle s'effondre sur le sol. Léon lui tend la main. Elle se met à hurler. Incontrôlable. Ils veulent sa mort. Ils veulent la mort de sa fille, de son père. Ce sont les mêmes qui ont saccagé les tombes à Pantin. Les mêmes qui ont poussé Léon à creuser la terre pour retrouver le moindre os de sa défunte femme. Qu'ils le sachent ou pas, ce sont eux qui encouragent la haine des juifs, donnent des ailes aux terroristes, une légitimité. Eux qui, sans les connaître, détestent les Sahar, Gavriel, Erez et Yotam pour ce qu'ils sont, sans même accepter un seul instant qu'eux aussi souffrent à la mort.

Tempête en pleine marée humaine

Paris, 11 janvier 2015, 14 h 20

Jeanne hurle, une suffocation que rien ne peut interrompre. Entendant sa mère qui se déchire, Nina se met à pleurer. Léon s'affole, cherche d'où vient la menace.

— Quoi ? Qu'est-ce qui se passe ? Jeanne, dis-moi ?

Jeanne commence à trembler. Son corps se rigidifie. Elle est plantée sur le trottoir, face à la bande de jeunes gens qui distribuent des tracts et brandissent des drapeaux palestiniens en réclamant, par leur slogan et souvent sans le comprendre, l'éradication de dix millions d'Israéliens. Plusieurs d'entre eux la remarquent et prennent son cri pour une provocation. Ils s'approchent, l'air menaçant. Ils interpellent Jeanne pour savoir ce qui la dérange, si elle et sa gamine sont des sionistes. L'un d'eux la bouscule. Elle lui assène une gifle, surprise par sa propre violence. Le reste de la bande accourt, poings levés, la traitant de sale juive.

Alors le vendeur de drapeaux saisit Jeanne par la taille et l'entraîne vers le boulevard. Il fait signe à Léon de les suivre avec la petite. Il les rassure : « Tout va bien. »

Des CRS sont garés à quelques mètres, ils interviennent aussitôt. L'un d'eux contacte une ambulance. Jeanne est prise en charge par une équipe médicale, avec Nina et Léon. Le vendeur s'éloigne, mais la petite le rappelle.

— Isaias, reviens !

Elle le supplie de rester avec eux, de les protéger. À force de grands gestes, elle fait tomber son drapeau bleu, blanc, rouge. Le jeune homme le ramasse et le lui tend.

— Tu te souviens de mon nom ?

Nina ne comprend pas pourquoi il pleure en lui posant cette question.

— Je suis là, petite, ne t'inquiète pas.

Nina serre le drapeau taché de rouge entre ses petites mains. Ensemble, ils partent loin de la marche républicaine qui réunit deux millions de Français à Paris espérant soulager leur chagrin face à la barbarie.

Le message

Paris, 11 janvier 2015, 20 heures

De retour chez elle, Jeanne fait bouillir de l'eau dans une casserole, son manteau encore sur le dos, tandis que Léon fait couler le bain de Nina. Coquillettes et fromage râpé pour tout le monde, ça ira pour ce soir. Le drapeau taché traîne par terre dans l'entrée, Jeanne s'apprête à le jeter quand Nina saisit son bras.

— C'est le cadeau d'Isaias.

— Alors range-le dans ta chambre.

— Non, il faut qu'on le voie. C'est important, maman, d'avoir un pays.

Jeanne s'étonne de cette réponse. Elle se demande jusqu'où sa fille a conscience de ce qu'elle déclare.

Après diverses tentatives, elles décident de planter le drapeau dans le pot de fleurs, sur le balconnet de leur appartement. Tandis que Jeanne aide Nina à enfiler son pyjama, Léon met la table évitant soigneusement d'allumer la télévision.

Quand la petite est enfin endormie, Jeanne s'effondre dans le fauteuil en cuir déchiré, colorié, cabossé dont elle ne peut se séparer depuis que Nina en a fait un objet d'art abstrait.

— Ma chérie, ça ne peut plus durer, cette peur.

— Je n'ai pas peur, papa.

— Non, bien sûr.

— Je n'ai pas peur, je te dis !

— Jeanne, il va falloir choisir la vie. Il va falloir faire la paix avec tes désillusions et tes erreurs.

Elle explose en sanglots.

— Comment on fait ça ?

— C'est un chemin que tu dois accomplir seule, mon ange, autrement ça ne fonctionnera pas. Mais je suis là.

Léon l'enlace, dépose un baiser sur son front, comme lorsqu'elle était enfant, et attend que sa fille soit sur le point de s'assoupir dans son fauteuil pour rentrer chez lui.

— On s'appelle demain matin, ma puce.

— Envoie-moi un SMS pour me dire que tu es bien rentré, murmure Jeanne, les yeux mi-clos.

— Oui, chef !

Réveillée en pleine nuit par des cauchemars, Jeanne ne parvient pas à se rendormir. Les images défilent. *From the river to the sea*, les nationalistes israéliens occupant des terres, les salafistes, la charte du Hamas, sa volonté d'éradiquer ce qu'elle est, d'éradiquer sa fille, tous ces drapeaux français. Et cette marche : deux millions de personnes pour *Charlie*, alors qu'après Mohammed Merah le même rendez-vous au même endroit avait été donné, sauf qu'ils s'étaient retrouvés seuls, entre quelques centaines de juifs. « Choisir la vie… » Comment faire quand la haine est partout, quand l'aveuglement vous isole, quand tant de personnes fomentent votre mort et que les autres vous le reprochent ?

Abdoul Hamdan, le grand frère terroriste de Nawal, était mort sans que les médecins ne le décident. Arrêt du cœur. Il s'était hissé au rang de martyr et sa famille avait touché une rente pour service rendu au djihad. Nawal avait probablement reçu sa robe de princesse. Qu'était-elle devenue ? Qu'était devenue Hind, sa mère ? Se disait-elle toujours que le djihad valait bien la mort d'un enfant ?

Depuis leur rencontre, Jeanne n'avait cessé de penser à cette famille. Un jour, elle retrouverait Nawal. Plus tard.

Avant de mourir. Il faudrait qu'elle règle ça avant de quitter ce monde.

Jeanne pensait aussi très souvent à Yotam, à sa mère. Avait-il pu recevoir une jambe ? Choisir la vie… Choisir la paix… Choisir…

La paix n'était pas un abandon, pas une neutralité, mais une action. Une action douloureuse et intime. Elle impliquait de faire ce pas de côté. De dire à Yotam que, pour ses futurs enfants, il faudrait tendre la main à Nawal, se mettre d'accord ensemble sur les parties de son récit où elle aurait raison aussi. Dire à Nawal que, pour les mêmes objectifs, elle devrait accepter de laisser à ses grands-parents ce qui leur appartenait, que les ressentiments n'étaient pas un héritage, que pour construire l'avenir de ses descendants, il faut savoir abandonner un peu ses ancêtres.

Et, en attendant d'être d'accord, s'apprivoiser.

Marcher côte à côte.

Pour que le temps passe sans que la colère impacte le chemin emprunté ensemble.

Soudain, une alerte sur son téléphone interrompt sa réflexion. Jeanne aperçoit la photo d'un malade sur un lit d'hôpital. Elle pense à une erreur de destinataire, mais le visage qu'elle reconnaît soudain la tétanise.

Impossible.

Elle refuse l'information que ses yeux lui envoient.

Il gît là, dans cette chambre misérable, à l'autre bout de la terre. Une dizaine de tuyaux le relient à des machines vétustes. Les murs suintent, l'humidité semble palpable malgré la mauvaise qualité de la photo. Les jambes sont maigres, le visage boursouflé. La cortisone, sûrement. Jeanne peine à déchiffrer le message au-dessous, d'un numéro inconnu. Les lettres dansent, elles lui échappent, vidant les mots de leur sens.

Chers tous

Nous avons besoin de votre aide. Notre bien-aimé fils, frère et cousin Mohammed Bensalam est actuellement en soins intensifs dans un hôpital proche de Koh Samui. Son état est inquiétant et il ne peut pas être rapatrié. Apparemment, il a fait une attaque, un touriste l'a retrouvé sur une plage. Il souffre de plusieurs infections, il n'est pas transportable.

Nous avons besoin de votre aide parce que nous voudrions nous rendre sur place pour être à ses côtés. L'avion et l'hôtel coûtent cher. Il nous faudrait aussi financer des traducteurs parce que des points du dossier nous échappent. Enfin, nous espérons pouvoir bientôt le faire revenir.

Notre famille vit des moments éprouvants, que Dieu nous vienne en aide.

Merci

Mo.

Jeanne agrandit la photo. Mo, ce corps inerte.

Il n'a pas fait d'attaque, elle en est certaine. *Charlie*, Saïd et Chérif ont fait exploser son cœur.

Une hirondelle

Paris, balcon de Jeanne et Nina, 12 mars 2015

L'hirondelle sent le printemps arriver.

Il faut construire le nid, vite, se blottir quelque part. Cette hirondelle n'a pas suivi le chemin de ses compagnons de route.

Elle a vu cette marée humaine de là-haut, ces couleurs.

Elle a dévié, survolé cette ville que les siens craignent tant.

Elle a aimé le gris, sa complexité, ni noir, ni blanc, ni vert, ni bleu… Le mélange.

Elle a volé au-dessus des toits des immeubles parisiens,
volé au-dessus de parcs où jouaient des enfants,
volé au-dessus des files de voitures,
volé au-dessus des colères et des joies,
volé au-dessus de la ville, ses secrets, ses chagrins et son absurdité.

Puis elle a aperçu un grand pot d'argile sur un balconnet. Une guirlande rose entourait un arbuste mal en point et un petit drapeau. Une guirlande de Noël et un drapeau, qu'une fillette avait posés là.

L'hirondelle a songé que ce petit coin de terre semblait idéal.

Oui, il serait parfait pour couver ses œufs, les laisser éclore.

Puis, un jour, quand ses petits seraient assez forts, ils s'envoleraient ensemble retrouver tous les autres, leur raconter cette naissance au milieu des humains.

L'hirondelle, étourdie par Paris, s'est offert une pause dans le pot de fleurs au drapeau bleu, blanc, rouge. Elle s'est installée sur le morceau de tissu sans savoir que la tache rouge marquait le sang de Rima.

Ce drapeau que Jin a charrié du Pakistan vers la France sur son bateau de fortune.

Ce drapeau qu'Isaias a vendu pour pouvoir se laver.

Ce drapeau que Nina a porté fièrement, comme tant d'autres, ce 11 janvier 2015.

L'hirondelle s'est couchée là, à l'abri des regards. Des mois durant, personne ne l'a remarquée. Elle sait se rendre discrète. Donner la vie exige une solitude tranquille. Elle se cache sans savoir que sa présence symbolisera une promesse pour Jeanne et Nina qui vivent de l'autre côté de la fenêtre.

Un jour peut-être, l'hirondelle survolera-t-elle la maison de Cesarina pour lui souffler que son fils va bien.

Un jour peut-être, l'hirondelle survolera-t-elle la prison de Rima pour souffler au garde que le Ciel l'a vue.

Un jour peut-être, l'hirondelle survolera-t-elle les villes et les misères pour donner l'envie d'y croire, l'envie de saisir la beauté du monde, de s'y accrocher comme à un radeau flottant sur la haine, un monde où les drapeaux ne seront plus tachés de sang.

En attendant, elle s'entoure de brindilles, de feuilles, de tout ce qu'elle trouve de doux et de moelleux pour ses futurs petits.

B.A.BA

Peshawar, Pakistan, 3 avril 2015

À toi, l'enfant qui ne naîtra pas,

Mon enfant, quatre mois que je te porte.

Quatre mois que je t'aime autant que je te maudis. J'ai tenu pour toi, marché pour toi, tout accepté pour toi. Aujourd'hui, l'extérieur est plus fort. Je te demande pardon car tu ne verras pas la lumière du monde. Tu n'entendras pas le chant des oiseaux par tes propres oreilles, tu ne goûteras pas de baisers par tes propres lèvres, tu ne verras jamais la beauté des montagnes lorsque le jour se lève.

Cette terre est la plus merveilleuse et la plus effroyable des choses. Les deux à la fois. Et pour la comprendre, pour tracer le chemin juste, il faut sans cesse retourner les deux facettes de cette médaille.

Je t'écris, à toi, car depuis hier je sais que tu es la seule personne pour qui j'ai de l'importance ici-bas. Et, lorsque nous nous retrouverons dans le royaume de Dieu, je ne voudrais pas que tu m'en veuilles. J'aimerais que nous nous rencontrions dans un lieu où la paix et la joie seront possibles. Ici, c'est impossible.

Je veux que tu saches aussi que j'ai tout essayé depuis six mois. Lorsque je me suis réveillée sur cette route où ton père m'avait jetée, croyant que j'étais morte, j'ai marché, malgré la douleur et les vertiges. J'ai marché, malgré la faim et le chagrin. Je ne sais pas combien de temps cette errance a duré. Je sais que j'ai pu boire le lait d'une chèvre à ses mamelles, que j'ai mangé des criquets, que le dégoût m'a paru une éternité.

Des hommes de la ville m'ont aperçue. Je leur ai raconté mon histoire, les suppliant de m'aider. Ils m'ont conduite à la police, ou à ce qui y ressemblait. J'ignore comment nommer ces gens. Ils m'ont enfermée dans une cage. L'un d'eux m'a craché dessus. J'étais impure, selon eux. Personne ne savait que tu vivais déjà en moi.

Tu es apparu comme une bosse, quelques semaines plus tard. J'étais toujours dans cette cage. Il y avait une bosse sur mon ventre. Et je vomissais beaucoup. Une dame est venue un jour. Elle m'a examinée. Elle m'a dit que j'allais être mère et m'a giflée.

Il y a eu un procès. J'ai raconté que j'avais été violée. On m'a répondu qu'une épouse accomplit son devoir, elle n'est pas violée. Mon père est venu témoigner. Il ne m'a pas regardée, a promis qu'il surveillerait ses autres filles mieux que moi, cette dépravée sur le banc des accusés.

Ton père a pensé que je n'étais pas vierge. C'est faux, je te le jure. À l'exception de Taj à l'usine, et du vendeur de la ville où il m'est arrivé d'accompagner mon père, je n'avais jamais croisé d'autres hommes que mes frères avant. Je ne sais pas pourquoi je n'ai pas assez saigné. Il paraît que les vierges perdent beaucoup de sang, que la tache doit mesurer au moins la taille de la main. Ça ne peut pas toujours être vrai. J'en suis la preuve. Je te promets que ta mère n'était pas une fille légère ni une dépravée. Je ne saigne pas beaucoup, voilà tout. Même lorsqu'il m'a frappée à la tête ou même lorsque les agents s'en sont donné à cœur joie, je n'ai pas beaucoup saigné. Je suis comme ça.

Pardonne-moi, mon enfant. Je te le promets, je suis digne et sage.

Au tribunal, ma mère n'est pas venue. Ni mes frères. La police et la dame qui m'avait auscultée ont parlé aussi. Puis le juge a dit « peine capitale ». J'ai cru qu'il parlait de mon chagrin, qu'il avait compris l'immensité de ma peine. Mais ce n'était pas ça. Il parlait de me pendre. Selon le juge, je suis responsable de m'être enfuie et d'avoir enlevé l'enfant à naître de mon époux, deux circonstances aggravantes à mon manque de pudeur, puisque j'ai été retrouvée visage nu en pleine rue. Et que je n'étais pas vierge selon eux.

Pardonne-moi, mon enfant. Je te le promets, je suis pudique.

Après l'audience, ils m'ont reconduite dans la cage où je devais attendre le jour de ma mort.

Le garde qui devait me surveiller a fini par me parler. Il m'a dit qu'il détestait ce que le pays était devenu, ces hommes qui avaient perdu leur humilité de simples humains, que lui savait que je n'étais coupable de rien, que le Tout-Puissant me pardonnait, il en était certain, qu'il priait en secret pour mon salut, et qu'un jour les traîtres paieraient d'avoir à ce point maltraité le Livre. Puis il m'a demandé ce qu'il pouvait faire pour moi. Je lui ai répondu que je voulais savoir lire avant de mourir. Il a pris le risque de m'apporter un livre. Le Livre. Pour qu'il soit la source de tous mes enseignements.

Tu vois, mon enfant, un homme m'a tuée, un autre m'a sauvée. Un inconnu est devenu mon bienfaiteur. Ces deux hommes se sont pourtant laissé guider par ce qu'ils avaient compris du même texte. Voilà pourquoi il faut savoir lire. Et lire avec un bon cœur.

Chaque jour, le garde corrigeait mes erreurs, me transmettant tout ce qu'il savait. Si quelqu'un s'en était aperçu, il l'aurait payé de sa vie lui aussi. Mais, au nom d'Allah, il s'est laissé guider par ce qui était juste, m'a-t-il assuré.

Quand les lettres n'ont plus eu de secret pour moi, j'ai plongé dans les phrases du livre de prières, jusqu'à m'en brûler les yeux. Je voulais te faire ce présent : t'écrire cette lettre pour que tu saches.

C'est stupide, j'en ai bien conscience. Car tu ne pourras jamais la lire. Mais je suis certaine que, au fond de moi, tu m'entends penser ces mots. Tu me sens les poser sur ce papier, ma dernière volonté avant la mort qu'ils imaginent m'infliger demain mais qui a déjà eu lieu sur le sol de cette grange.

Ce que nous vivons, mon enfant, se nomme le « karo-kari ». C'est ce qui autorise ici ce que les hommes appellent les crimes d'honneur. Je l'ai appris de la bouche de mon « avocat ». Je mets ce mot entre guillemets car il ne m'a jamais défendue. Il était là pour noter la sentence. Le karo-kari est censé être interdit désormais. Mais au Baloutchistan, cette province du Pakistan où je suis née, le temps s'est arrêté et nous allons mourir.

Pardonne-moi, mon enfant. Je te le promets, je n'ai pas choisi ce pays pour naître. Mais je le dis sans colère. Le monde m'a permis de vivre pendant presque quinze ans.

Dans le livre de la cage, j'ai appris que l'on vient ici-bas pour profiter d'une expérience et assimiler une leçon, et qu'avec chaque naissance une responsabilité est placée sur nos épaules.

J'ai appris que, parfois, on doit se battre et que, pour créer de la valeur, on doit persévérer même si un autre meurt, comme un enfant en soi.

J'ai longtemps cherché la réponse à mes questions, je voulais comprendre ce que j'étais censée faire. C'est enfin arrivé. Hier, ma mère est venue me voir. Elle m'a annoncé que le bébé qu'elle portait avant mon départ était mort, que c'était un garçon, qu'il avait été maudit comme toute notre famille par ma faute, que chaque jour où je respirais encore signifiait un mauvais sort pour eux. Elle a ajouté que la meilleure chose que je puisse faire pour les aider et me racheter de la honte que je leur avais imposée serait de disparaître.

Pardonne-moi, mon enfant. Je te le promets, ce n'est pas contre toi. Mais ma mère a raison et je vais l'écouter.

Je ne veux pas que tu pleures ou que tu souffres en naissant.

Je ne veux pas que tu sois triste pour nous de ne pas nous connaître ici.

Fais de ton mieux pour que ton esprit oublie nos jours difficiles.

Laisse le vent nous emporter, élever nos âmes.

Les nôtres ne nous ont pas aimés.

Ils n'ont pas voulu de notre destin.

À présent, je cède et j'embrasse la mort. Car, dans la cour du Créateur, je sais que l'ignorance et le mensonge seront punis. Dans l'autre monde, c'est toi et moi qui sommes du bon côté.

Pardonne-moi, mon enfant. Je te le promets, bientôt, nous serons libres de nous aimer.

Je t'embrasse de dedans jusqu'à ce que nous nous retrouvions là-haut.

Je t'aime.

Ta maman

Rima saisit la lame que sa mère lui a glissée la veille, entre les barreaux de la cage, et se libère.

La tribu de Nova

Gaza, 24 octobre 2017

Devant l'étroite porte de l'immeuble, Jeanne hésite à faire demi-tour. Soudain, elle ne sait plus.

Elle ne sait plus ce qu'elle fait là.

Elle ne sait plus ce qu'elle attend de cette démarche. Si elle en attend quoi que ce soit, d'ailleurs. Elle se sent ridicule. Et, d'un autre côté, c'est comme si l'avenir du monde pesait sur ses épaules. Elle a besoin que quelque chose se passe. Un peu de lumière. Les semaines qui ont suivi l'attentat de *Charlie* ont tout éteint. Comment sa vie peut-elle être devenue ce déchaînement de violences ? Jeanne s'imagine en vieux tapis. Usé des piétinements, mité, percé, troué, délavé. Elle rêve qu'on l'oublie au fond d'un grenier, roulée en boule. Inutile et paisible.

Nawal Hamdan se souviendra-t-elle de leur rencontre, il y a plus de dix ans ? Acceptera-t-elle de lui ouvrir ? La petite fille a dû changer. Ses rêves de châteaux et de princesses, probablement malmenés par son quotidien, ont dû façonner son cœur jusqu'à le rendre imperméable à la douceur. On ne s'installe pas à Gaza sans raison. On ne migre pas de Qalqiya, consciente des risques encourus, sans intention. Même pour se marier.

Une latte de bois tombe sur le trottoir. Un chat bondit des poubelles. Un parmi les milliers de félins errants du Moyen-Orient, à la gueule cassée, au poil court et sale, traquant la moindre conserve ouverte, la moindre épluchure. Jeanne a sursauté plus que nécessaire. Elle a perdu sa résistance à la peur. Comme il est loin le temps où le bruit même des bombes ne suscitait plus un frémissement.

Dix minutes qu'elle se balance d'une jambe sur l'autre devant la porte de Nawal et de son mari. Chez Nawal... Elle peine à assimiler cette réalité. Tout est allé si vite en quelques jours. Quel âge a-t-elle désormais ? Dix-neuf ? Vingt ans ? A-t-elle déjà des enfants ? Jeanne se souvient avec précision du moment où l'évidence lui est apparue : retrouver Nawal.

C'était en 2015, et Jeanne venait juste de quitter l'une des cousines de Mo. La seule qui ait accepté de lui parler face à face. En vain. La décision était irrémédiable. Son père, son frère et tous les hommes de la famille avaient choisi de l'enterrer en Algérie, auprès de ses ancêtres. Il côtoierait ainsi pour l'éternité ses oncles, terroristes du FIS. Ceux qui avaient entraîné Farès sur la voie du djihad. Pour toujours, le corps de Mo partagerait le caveau de ceux qu'il avait haïs au point de s'exiler à l'autre bout du monde et d'y mourir seul, comme un chien. Jeanne avait tenté de faire valoir ses arguments. Mo détestait ce que des gens comme eux avaient fait de l'Algérie. Il avait juré de ne pas y remettre les pieds tant qu'une réelle démocratie ne serait pas instaurée.

« N'insistez pas, madame, vous ne pouvez pas comprendre », avait rétorqué la cousine. Une jeune femme que Jeanne n'avait jamais vue avant. Qui n'avait jamais parlé à Mo non plus.

Alors, face à tant de froideur, Jeanne lui avait opposé son argument massue. En tant que Franco-Israélienne, Jeanne ne pourrait jamais rendre visite à Mo dans un cimetière de la banlieue d'Alger. Un tampon israélien sur un passeport ou une nationalité « sioniste », et les frontières algériennes se fermaient hermétiquement, comme celles de la plupart des pays déclarés « terre d'Islam ». Mo était son frère, elle était sa sœur, celle qu'il s'était choisie, on ne pouvait pas les séparer ainsi. Ils ne pouvaient pas laisser la dépouille de Mo seule dans un pays étranger à ce qu'il était profondément, entourée de ses ennemis spirituels.

« Vous n'êtes pas sa sœur, madame Rougemont. Mohammed a une sœur, une vraie, de son sang. Qui vit désormais assez près du cimetière pour entretenir sa sépulture. Je vous prie de respecter la décision des siens. Chez nous, le respect est la source de tout. »

Elle avait insisté sur le « nous ». Une gifle qui réduisait à néant ces trente années durant lesquelles Jeanne et Mo avaient représenté l'un pour l'autre bien plus qu'un hasard génétique. Jeanne s'était levée et avait quitté le café du rendez-vous sans dire au revoir.

La culpabilité s'était insinuée en elle, utilisant ses failles pour mieux la dévaster. Toujours les mêmes questions. Et si elle n'était pas partie en Israël ? Si elle était restée dans le quartier ? « M'abandonne pas, s'il te plaît », l'avait suppliée Mo. Il comprenait son besoin de quitter leur pays de naissance. Il admettait qu'elle avait raison, il en avait la preuve à la maison. Les Farès se multipliaient depuis des années, à Paris et ailleurs sur le territoire. Une fourmilière de haineux qui détestaient les juifs, détestaient la France, détestaient l'Occident. Tôt ou tard, les villes françaises connaîtraient leur 11-Septembre. Ils bénéficiaient d'une rhétorique solide, de moyens considérables, et avaient la rue avec eux. Ils pouvaient donc s'appuyer sur une bonne partie de la gauche naïve ou sur les résidus de cette gauche orientaliste, nostalgique des avantages secrets de la colonisation, de ses alliances tacites avec les bourgeoisies maghrébines à qui on autorisait quelques esclaves noirs contre un mariage local. Tous ces intellectuels français venus « libérer » les arabes pour profiter de leurs mœurs, ces Ismaÿl Urbain ravis de se débarrasser de leur habit de prêtre pour épouser des gamines algériennes de douze ans. Tous les mêmes, partout, toujours, assoiffés de pouvoirs et de privilèges.

Si Mo poussait Jeanne à s'émanciper tout en renouant avec ses racines, il savait ce que son absence impliquerait.

Il faudrait composer avec l'extrême solitude. Ils avaient eu beau s'écrire, honorer chaque mois un rendez-vous téléphonique, se retrouver une fois par an pour se serrer fort, l'intimité précieuse de leur lien s'était érodée. Elle était partie, il était resté. Elle était rentrée, il était parti. Elle était juive, il était musulman. S'ils n'en avaient que faire, leurs identités avaient choisi pour eux.

Pourtant Jeanne refusait cet échec. L'histoire ne se terminerait pas ainsi. La guerre entre les Arabes et les Juifs devait cesser, quels que soient sa forme ou son lieu, et les interprétations, les projections que les opportunistes en faisaient. Les impérialismes se valaient tous, qu'ils viennent d'Orient ou d'Occident, de la science ou de la religion. Elle n'en pouvait plus qu'on sépare les enfants des mères, les amis, les vivants des défunts pour obéir à ces hommes qui se prenaient pour Dieu. Elle ne supportait plus leur manière à tous de déconsidérer les femmes, de condamner les différences, de jouer avec la mort.

Jeanne n'avait pas pu se rendre au chevet de Mo. Sa famille avait bloqué l'accès à tous les étrangers au clan. Impossible de lui parler, ni même de connaître l'hôpital où il avait été transféré, quelque part en Thaïlande. Mo était mort sans qu'elle ait pu lui dire comme elle regrettait d'avoir trop pensé à elle et pas assez à lui. De s'être laissé aveugler par son mal-être. Le sien et celui dont elle avait hérité, qu'elle se trimballait comme un boulet au pied.

Elle avait alors espéré l'accompagner dans sa dernière demeure, incarner par sa seule présence toute l'originalité, l'indépendance et l'humanité de son Mo. Impossible. Les obscurs s'étaient emparés de sa dépouille.

Elle ne pourrait jamais se recueillir sur la tombe de son frère de cœur. Comment vivre avec ça ?

Au soir de cette journée, elle avait eu une idée. Elle devait retrouver la petite fille de l'attentat. Nawal. Nawal Hamdan.

Revoir Nawal. Faire d'elle, au moins symboliquement, au moins pour un instant, une sœur en humanité comme Mo avait été son frère au-delà de leurs origines respectives. Tisser un lien entre elle, la juive, et Nawal, la musulmane. Dépasser le terrorisme, la rancœur, incarner une insulte à l'impossible. Et, ensemble, tracer le début d'un nouveau chemin.

Reprendre le fil du récit pour l'emmener ailleurs.

Sans se l'expliquer, la phrase de Rimbaud que Jeanne aimait tant citer plus jeune lui revint : *J'ai tendu des cordes de clocher à clocher ; des guirlandes de fenêtre à fenêtre ; des chaînes d'or d'étoile à étoile, et je danse.*

Pour la première fois, elle la décrypta à travers le prisme de la guerre, comme un filtre placé sur une photographie. Si elle parvenait à tendre une corde entre elle et Nawal, alors elle ferait briller l'étoile de Mo et de tous ceux morts de la bêtise des autres.

Tendre des cordes entre les clochers dans les cœurs des humains. Ne pas s'attaquer aux idéaux ou aux armées, mais parler aux âmes.

La seule démarche possible.

Construire la paix de proche en proche. Humaniser les masses pour effacer la haine, petit à petit.

Pour sauver Mo, elle devait reprendre le processus de paix. Le sien.

Mais comment retrouver la piste de Nawal Hamdan ? Quelques heures sur les réseaux sociaux avaient suffi à lui faire admettre qu'elle n'y parviendrait pas seule.

« T'as besoin de quoi, dis-moi ? » lui avait simplement demandé son ami Refaël lorsqu'elle l'avait appelé. Elle avait hésité à broder, mais les manières occidentales n'avaient pas de prise sur lui. Jeanne avait opté pour la franchise. Elle s'étonnait d'être encore capable de parler l'hébreu et de le comprendre. Les expressions idiomatiques revenaient, comme l'intonation israélienne, le rythme du phrasé local.

Elle avait éprouvé un plaisir inattendu à lui raconter les épisodes marquants de sa vie depuis son retour en France, la mort de sa mère, son mariage raté bien que ponctué par la naissance de Nina, le deuxième enterrement de sa mère, *Charlie Hebdo*. Et puis Mo. Pourtant, elle n'avait pas osé parler de Tariq. Elle lui avait expliqué son obsession de retrouver Nawal Hamdan depuis qu'elle avait appris que le corps de Mo serait prisonnier des radicaux algériens pour l'éternité.

« Tu dois trouver ça stupide, mais je veux revoir Nawal, Refaël.

— Je ne trouve pas ça stupide, *my friend*. Rien de ce qui participe à construire la paix n'est stupide. Je vais t'aider. »

Refaël était venu chercher Jeanne à l'aéroport. Les recherches s'étaient avérées compliquées mais il avait enfin des nouvelles de Nawal.

« Tu dors à Tel Aviv ? lui avait-il demandé.

— Je ne sais pas…

— Alors tu viens, je t'emmène avec moi au kibboutz. »

Une heure de voiture pour gagner le Sud. Refaël en avait profité pour lui raconter à son tour ses quinze dernières années.

Après la guerre du Liban et la cellule psychologique de l'hôpital où ils avaient travaillé ensemble, Refaël avait craqué. Comme la majorité des soldats israéliens après l'armée ou la guerre, il s'était retranché dans un ashram en Inde. En plus des locaux, il y avait rencontré douze Américains, deux Allemands, trois Anglais et dix Israéliens. Le nombre de ces derniers l'avait surpris. Une preuve supplémentaire que la jeunesse de son pays cherchait refuge ailleurs que sur cette terre, dans le monde astral et les substances qui y menaient.

La voisine de Refaël durant le rituel du Gayatri mantra respirait trop fort. Il détestait son accent. Des inconforts qui les menèrent bientôt à s'opposer, puis très vite à s'aimer.

Elle s'appelait Dilma et venait de São Paulo. Elle avait entrepris un tour du monde après ses études de lettres. Fascinée par les multiples visages de l'Inde, elle y avait prolongé son escale. Dilma avait beaucoup travaillé sur elle-même pour ne rien envisager, ne rien prévoir dans la vie. Elle s'était néanmoins surprise à accepter de rentrer avec son futur époux en Israël pour se convertir au judaïsme et s'installer au kibboutz.

Refaël Kadouri descendait d'une famille de mizrahi, des juifs d'Irak, qui avaient fui les persécutions au siècle précédent. Très pauvres, les grands-parents de Refaël s'étaient laissé séduire par le mode de vie collectif des kibboutz. Dans les années 1950, le Sud désertique du pays devait être aménagé. L'ampleur du chantier exigeait des travailleurs qui ne craignaient pas les fortes chaleurs. Les Kadouri s'étaient établis à Nir Oz.

Refaël avait convaincu Dilma de le suivre. Elle y enseignerait l'anglais et le portugais tandis qu'il soignerait les malades. Les premières années idylliques où deux fils étaient nés laissèrent place aux conflits. Ou plutôt, les conflits qui régnaient autour d'eux vinrent bientôt meurtrir leur quotidien.

« Elle est rentrée au Brésil avec l'aîné, le petit ne voulait pas, souffla Refaël à Jeanne.

— Vous êtes divorcés ?

— Non. Je ne sais pas ce qu'on est. On a un projet ensemble. On verra.

— Tu l'aimes ?

— Bien sûr.

— Et elle ?

— Elle aussi.

— Alors ?

— Ce n'est pas aussi simple, Jeanne. Dans trois ans, Omer est censé faire l'armée. Avidan, dix-huit mois plus tard. Dilma n'arrive pas à accepter. Ici, tu es guerrier ou tu crèves, tu le sais. Une de ses bonnes amies a perdu sa fille en service. D'autres sont morts dans des attentats. Maintenant on a le mur, les terroristes ne rentrent plus, mais ils creusent des tunnels... Qui sait ce qu'ils préparent.

— Je comprends.

— Non, tu crois que tu comprends, mais tu ne saisis pas. J'ai fait des gosses en sachant qu'ils seraient israéliens. Qu'ils seraient appelés pour le service militaire, avec des chances d'y rester pour que ce pays survive. On tient la forteresse avec leur vie. On les éduque au rythme des alertes, des bombes, des réflexes de combat, de la guerre à dix-huit ans. On prépare les abris, on donne notre temps, notre corps, ce qu'on a de plus précieux à l'armée. Et pour quoi ? Qui nous le rendra ? Qui se souvient du nom de tous les morts ?

— Et Avidan, il ne souhaite pas prendre la nationalité brésilienne ?

— Non. Il veut faire de la politique. Être le nouveau Ytzhak Rabin ! Il travaille dans pas mal d'associations qui emmènent les malades de Gaza se faire soigner en

Israël, à côté d'ici. C'est grâce à lui que j'ai retrouvé Nawal Hamdan.

— Tu l'as vraiment retrouvée ?

— Oui. Je t'emmène demain.

— Il la connaît ? Elle est au courant de ma démarche ?

— Du calme. »

Il avait tourné sa main, les doigts regroupés contre son pouce, la gestuelle israélienne pour ralentir le rythme. Jeanne avait oublié, elle se mit à rire.

Jeanne regardait les champs autour, et le mur grillagé qui séparait son pays de Gaza. Quelques centimètres d'épaisseur et un monde aux codes si différents. C'était précisément ce que les étrangers ne mesuraient pas. Cette proximité moyen-orientale. Une guerre à Gaza menaçait directement Tel Aviv, et donc la nation israélienne tout entière. Une guerre au Liban plus encore. Avec la Jordanie, c'était la condamnation immédiate. Traverser le pays du Nord au Sud n'exigeait pas plus de quatre heures. D'Est en Ouest, une seule. La langue changeait au détour d'une rue. Les visages, pourtant, se ressemblaient. Les juifs israéliens étaient aux deux tiers des Orientaux indigènes. Mais les plus fervents critiques à l'égard du seul pays juif ignoraient bien souvent ce qui le composait, en termes de population, de ressources, d'histoire et d'âme. Ils imaginaient un État de grands blonds à la peau claire, débarqués là presque par hasard, volant leur terre à des autochtones bronzés. Une guerre d'influence pétrie de mensonges.

Une guerre que les juifs avaient perdu des décennies plus tôt en laissant s'installer l'idée dans les pays occidentaux qu'Israël représentait une sorte de récompense accordée en compensation des six millions de déportés décimés par le génocide nazi. La Seconde Guerre mondiale constituait certes une étape décisive de la libération de l'ancienne Judée des mains des Anglais, mais une étape seulement sur des siècles d'errance juive, de lutte et d'espoir. Pourquoi était-il si difficile d'intégrer l'histoire des juifs orientaux dans l'équation, alors que ces Mizrahi peuplaient le pays en grande majorité ? Pourquoi se cantonnait-on aux juifs européens arrivés après la guerre, qui ne représentaient pas, en réalité, l'identité d'Israël ? Tout comme la Shoah n'était pas la raison pour laquelle on avait finalement autorisé aux juifs la reconnaissance d'un droit à l'émancipation. La guerre d'influence gommait sans cesse ces aspects du récit, comme elle réduisait à néant toute tentative de nuance visant à illustrer la complexité d'une terre où se mêlaient plusieurs légitimités. Pourquoi refusait-on aux juifs leur vérité ? Une vérité qui ne serait pas incompatible avec d'autres, mais qui existerait aussi.

Prendre la route de Sderot. Aller à Nir Oz.

Jeanne était souvent descendue camper chez les bédouins du Sud quand elle vivait en Israël. Le repaire de la jeunesse, des adeptes des traversées du désert. À la fin de l'été poussaient des parterres de coquelicots à perte de vue. Au loin, on ne distinguait plus les boutons de fleurs. Juste cette mare rouge. Certains y voyaient un symbole de fertilité, d'autres celui du sang qui a trop coulé et coulera sûrement encore.

De nombreux Israéliens désespéraient. Leurs grands-parents, déjà, essayaient d'imaginer la paix. Mais avec qui désormais ? Le panarabisme avait laissé place à l'islamisme, le nationalisme au fanatisme religieux, et le Hamas avait été élu à Gaza avec une immense majorité, forcée ou pas. Ils tenaient la bande, embrigadaient la jeunesse, apprenant dès l'enfance aux petits que l'ennemi était le juif et qu'il faudrait donner jusqu'à sa vie pour atteindre l'objectif fixé par leur manifeste : éradiquer Israël et les juifs. Les justes étaient assassinés, comme les simples civils palestiniens qui aspiraient à une vie sans haine.

Peu à peu, la charia s'était imposée, punissant les femmes libres ou adultères, punissant les homosexuels, punissant les laïques. Où se situait Nawal dans cette équation ? Comment s'était-elle retrouvée là ? Partout, tout le temps, les droits universels des Israéliens se retrouvaient en sursis. Parce que partout, tout le temps, les terroristes palestiniens au pouvoir préparaient une attaque. Contre Israël. Ou contre les leurs qui sortaient du rang. Des terroristes galvanisés par les puissances alentour, rêvant de califat, de conquête et de soumission à leur version mortifère de l'islam.

Jeanne ressentait le cœur lourd de Refaël. Elle prenait conscience que, si son rythme français manquait souvent d'allégresse, elle avait oublié le poids de la menace terroriste au quotidien. Ses inquiétudes pour Nina se limitaient aux amitiés qu'elle nouait, aux questions qu'elle soulevait. En France, on se déchirait pour l'augmentation des impôts, le recul de l'âge de la retraite, la baisse de la limitation de vitesse sur les routes. Ça suffisait à se détester, se vilipender, parfois même s'affronter. Mais au fond, on ne vivait rien de bien grave. Ici, la pression existentielle à laquelle la région était soumise depuis près d'un siècle cloisonnait les moindres interstices de liberté. Le blocus mental embrassait le blocus terrestre, de part et d'autre de la frontière.

Omer et Avidan, les enfants de Dilma et Refaël, avaient été élevés aux réflexes de survie, à rester dans un abri sans lumière du jour durant des heures, à se construire sur l'idée que le voisin pouvait être un assassin qui, derrière des sourires courtois, fomentait un attentat. Ils avaient dû grandir avec ce paramètre plausible, comme d'autres centaines d'hypothèses qui l'étaient tout autant, et puiser en eux le courage de la joie.

La joie quand même, parce que donner ça aussi à l'ennemi, en plus du reste, serait la seule véritable défaite.

Jeanne admettait avoir oublié qu'elle vivait désormais dans un pays en paix. Elle avait oublié ce qu'impliquait d'être entouré de voisins, pays ou populations, qui espèrent vous voir agoniser. Se réveiller chaque jour et constater à la télévision, sur Internet, dans les journaux, partout, que cette haine s'incarne dans des actes, des déclarations, des stratégies d'espionnage et d'armement, des boycotts, des mensonges, et devoir expliquer à son gosse de trois ans que le mal n'est pas une invention, que la guerre est possible, que les promesses d'avenir serein n'existent pas ici, et qu'on a choisi de le faire naître quand même. Assumer la responsabilité d'avoir conçu un enfant dans ce chaos demeure une déchirure qui ronge à jamais.

Enfin, ils étaient arrivés à Nir Oz.

Les coquelicots ondoyaient comme des vagues au gré du vent. Refaël roulait une cigarette.

« Tu fumes ?

— Une ou deux par jour. »

Il tirait sur sa clope comme si elle détenait le secret de l'univers.

« C'est quoi votre projet, avec Dilma ?

— Je ne sais pas si tu vas comprendre.

— Explique.

— On s'est rencontrés en Inde, tu sais... On n'a pas interrompu notre quête en rentrant. On est une famille "spirituelle", disons.

— Jusque-là, on est raccord. »

Refaël afficha un sourire moqueur.

« Tu fais de l'ashtanga yoga, c'est ça ? Vous, les Occidentales...

— Dis donc, toi, t'as pas appris l'humilité dans ta "quête" spirituelle ? »

Refaël avait ri plus encore.

« On a créé une communauté ici.

— Une communauté ?

— Oui, on se réunit au moment des fêtes juives. On prie à notre manière pour la paix. On organise des événements pour célébrer l'amour, le respect du vivant, de l'environnement.

— Des hippies, quoi !

— Un peu. Mais on ne nie pas la marche du monde. On propose des moments parallèles, qui composent malgré tout avec la réalité. Des occasions de reprendre son souffle. Retrouver le sens dans toute cette merde.

— Qui peut entrer dans la communauté ?

— Tous ceux qui partagent nos valeurs.

— Comment ça s'appelle ? "Woodstock 2.0" ?

— T'es bête. Non. "The Tribe of Nova".

— Nova ?

— Oui, comme une supernova. Il faut faire exploser les croyances toxiques pour produire une énergie d'amour.

— Magnifique…

— C'est ça, moque-toi !

— Pas du tout ! Et concrètement, ça ressemble à quoi ?

— On se rassemble, on médite. On a déjà organisé des festivals dans le désert, c'était fabuleux. Dilma est en discussion avec le festival brésilien "Universo Paralello". Un truc complètement dingue, sublime, qui change la vie. Ils sont tentés de venir ici pour nous.

— Un festival israélo-brésilien ?

— Oui, dans la forêt de Be-eri. Pour la paix et l'harmonie.

— Tu y crois encore ?

— À quoi ?

— La paix.

— Non. Mais bien sûr que oui.

— Comment ça ?

— Si je suis pragmatique, tout s'y oppose… Mais c'est justement pour ça que j'y crois. Parce qu'on n'a pas d'autre choix. On fait la paix avec ses ennemis, pas avec ceux qui nous aiment.

— Des mots, tout ça.

— Oui. Mais quand les gestes autour sont des montagnes de douleur, heureusement qu'il nous reste les mots d'espoir. Après, pour le festival, franchement, je ne sais pas si on y arrivera.

— Si c'est le cas, Dilma reviendrait ici ? C'est ça votre projet ?

— Oui. Mais bon… C'est pas pour demain ! Organiser un truc pareil nous prendra des années.

— Pourquoi ?

— Parce qu'il faudrait qu'on déplace trois mille jeunes sur plusieurs jours, qu'on parvienne à installer du matos son assez puissant pour que les meilleurs DJ acceptent de venir… C'est cher.

— Tu vas y arriver.

— On verra.

— Il faut guetter quoi ? Le festival "Tribe of Nova" ?

— Le festival "Nova".

— Le festival "Nova". J'aime beaucoup. Très prometteur.

— Tu sais, les promesses... Je préfère le concret. Bref. Tu as faim ? J'ai fait du houmous, hier. »

Refaël s'était levé. Il avait ajouté un peu de tehina à son plat et l'avait saupoudré de za'atar. Une odeur citronnée se dégageait de la table. Il avait réchauffé quelques *pitot*, arrosé le labné d'une huile d'olive qu'il pressait lui-même. Il avait découpé en minuscules cubes de petits concombres, des tomates gorgées de soleil et un oignon rouge qu'il avait cueillis le matin, avait servi quelques pommes de terre au cumin, une salade de boulgour, raisins secs et coriandre, du fromage bulgare et des figues fraîches. Jeanne retrouvait des saveurs oubliées. Elle savait aussi que, au bout de trois jours de houmous, elle n'en supporterait plus la vue. Le houmous et le Moyen-Orient usaient des mêmes mirages, la nostalgie d'un idéal et l'écœurement de la réalité.

Avidan était rentré du champ. Il arborait de longues dreadlocks. Ses yeux verts tranchaient avec sa peau presque noire, recouverte de tatouages tribaux et de bracelets tibétains. Bientôt l'armée, il faudrait se séparer de ces attributs pour endosser l'uniforme kaki. Il fréquentait des associations pour la paix où, envers et contre tout désespoir, Israéliens et Palestiniens œuvraient à inventer une solidarité.

« C'est toi l'amie française de papa ?

— Je crois bien, répondit Jeanne.

— Tu n'as pas peur d'aller à Gaza ?

— Non.

— « Non » comme une française, ou *Non* ? Parce que personne n'a de temps à perdre.

— Je n'ai pas peur.

— OK, alors on t'accompagnera. On t'attendra plus loin dans la rue. Tu ne pourras pas rester longtemps. »

Avidan ne semblait pas effrayé, il donnait des consignes comme s'il dictait une recette de cuisine.

« Tu es le pilote, Avidan. Et je te remercie de ce que tu fais pour moi.

— Je ne le fais pas pour toi. Je le fais pour nous tous. Le problème, ici, c'est qu'on vit à côté et qu'on ne se connaît pas. Je veux tirer les ficelles de chaque contact, chaque lien potentiel.

— Je comprends.

— Maintenant, je vais te raconter l'histoire de Nawal. J'ai mon avis, mais je ne te le donnerai pas. »

Nord-nord-est

Londres, 24 octobre 2017

Isaias se dirige vers King Charles Street. Le GPS indique encore une vingtaine de minutes de marche. Il sera dans les temps. Écouter son téléphone lui dicter le chemin le repose. Ça lui évite de réfléchir. Il suit la voix.

« *Faites demi-tour et tournez à droite.* »

Une fois encore, il a survécu quand les autres pourrissent sous terre. Ils partageaient le même périple, à bord du même camion. Ils sont tous morts. L'affaire *a ému la planète*. Du moins, la part qui lit la presse. Une expression très exagérée, en somme.

Comme il est l'unique survivant, un journaliste a tenu à relater son histoire. Isaias s'est laissé convaincre contre un burger et un gilet en laine. Pour ce qu'il en comprend, l'article semble fidèle à son récit, le style de l'auteur est correct. Son amertume tient plutôt à la triste banalité de l'horreur. Comme il envie toutes ces personnes que la dérive des autres divertit ! Son malheur, leur malheur à tous, ses compagnons de route et lui, donne du relief aux existences tranquilles. Ils lisent ces faits divers sur le chemin du retour du travail, dans leur fauteuil au coin du feu, avant de passer à table en famille. Ils en parlent le soir, dans leur lit douillet avant de s'embrasser et de se dire qu'ils ont de la chance. Les migrants sont des outils de comparaison pour bourgeois capricieux.

Avant, quand il avait encore l'espoir de s'en sortir, le cynisme occidental ne l'atteignait pas. Désormais, il ne supporte plus rien. Qu'on ne parle pas d'eux parce qu'on s'en fout ou qu'on parle des migrants pour s'estimer heureux de ce qu'on a. Dans les deux cas, il est exclu.

Isaias vient d'Érythrée. Après avoir erré en France de tentes insalubres en foyers perdus, de demandes d'asile rejetées en démarches de régularisation vouées à l'échec, il s'est laissé convaincre que son avenir rimait avec l'Angleterre parce que la politique migratoire de la France brille par son inefficacité volontaire.
Il connaît alors des mois d'un désespoir nouveau dans la jungle de Calais. Affaibli par une infection cutanée sévère et une pneumonie, il décide finalement de se rendre en Belgique, où les camions sont moins contrôlés qu'en France. « Là-bas, ils ont des chiens pour détecter notre éventuelle présence et des appareils qui scannent les poids lourds en détectant la respiration humaine. »
Isaias nous explique aussi que certains parkings sont contrôlés par des passeurs soudanais, d'autres par des Tchadiens et parfois des Bangladais, mais que le tarif moyen d'un passage « garanti » tourne autour de 800 euros, bien au-dessus de ses moyens.

Le jeune migrant a passé plus de cinq mois en Belgique, avant de réussir sa traversée rocambolesque et miraculeuse de la Manche, suspendu au châssis du tracteur d'un semi-remorque roumain stationné près de Tournai. Le voyage n'a duré que quelques heures et il s'est échappé au premier arrêt, dans le port de Douvres, ignorant l'horreur à laquelle il venait d'échapper.

En effet, la remorque du camion a été découverte trois jours plus tard, dans la nuit du 19 au 20 octobre 2017, dans la commune de Grays, située à 20 kilomètres à l'est de Londres. À l'intérieur gisaient trente-neuf corps de migrants, dont onze femmes et trois adolescents.

« D'après les images, le camion était réfrigéré, ce qui signifie que, à l'intérieur, les victimes ont voyagé dans un froid glacial, dans une obscurité complète, sans air, dans des conditions absolument horribles », a expliqué le directeur de la Road Haulage Association, l'association britannique de fret autoroutier.

« Je ne comprends pas, précise Isaias. Ça tourne en boucle dans ma tête. Ils avaient tous payé les passeurs. Je les ai suivis, mais je n'ai pas pu me fondre dans la masse pour entrer dans la remorque. C'était surveillé, alors j'ai imité d'autres migrants que j'avais vus s'accrocher sous la partie avant... J'avais repéré que l'arrière était un frigo mais je ne savais pas qu'ils l'allumeraient. »

Selon les médias britanniques, le chauffeur du camion serait un habitant de la ville nord-irlandaise de Portadown. Il a été interpellé sur place et placé en garde à vue dans une enquête pour meurtre. Deux autres personnes ont été arrêtées, a annoncé la police dans un communiqué. Il s'agit d'un homme et d'une femme, tous deux âgés de trente-huit ans et originaires du nord-ouest de l'Angleterre. Ils sont suspectés de trafic d'êtres humains et de l'homicide de trente-neuf personnes.

Une veillée doit avoir lieu pour les victimes devant le ministère des Affaires étrangères, à Londres. Les associations de défense des droits humains sont à l'origine de ce rassemblement qu'elles espèrent conséquent.

Isaias ignore comment le journaliste l'a retrouvé. Il pensait que personne ne l'avait vu.

« *Tournez à droite sur Wilfred Street puis tournez à gauche. Tournez à gauche.* »

Le rendez-vous d'hommage à ses compagnons retrouvés morts dans la remorque réfrigérée du camion est fixé à 18 heures. Isaias a appris que les autorités n'étaient toujours pas parvenues à les identifier, ni à communiquer leurs noms. Il aurait aimé les citer. Il faudra se contenter d'allumer une bougie pour chacun.

Il pensait la tâche aisée, c'était compter sans le calendrier. Toute la matinée, il a arpenté les boutiques du quartier. Mais, à la perspective d'Halloween, les magasins regorgent de toiles d'araignées en tissu, de chapeaux de sorcières, de citrouilles, et de bougies orange et noir. Bref, rien qui soit adapté à une cérémonie en hommage à trente-neuf migrants congelés.

Il s'est finalement risqué dans le petit bazar au pied de son nouvel immeuble. L'endroit est tenu par un vieil Indien. Il y avait une dizaine de modèles au milieu des encens, des porte-clés et des éponges soi-disant magiques. Au moment de payer, l'homme l'a reconnu d'après sa photo sur le journal en haut de la pile qui trônait sur le comptoir.

« C'est vous, ça ? »

Isaias a souri.

« Mon ami, quelle vie… C'est pour la cérémonie, ces bougies ? a-t-il demandé, laissant pointer sans honte son accent.

— Oui, il m'en faut trente-neuf, a répondu Isaias en cherchant l'argent dans sa poche.

— Range tes sous. J'ai mieux pour toi. Isaias, c'est ça ? Moi, je suis Manish. »

L'Indien avait alors ouvert une trappe au sol pour descendre dans sa réserve. Il en était remonté quelques minutes plus tard avec un carton cabossé aux multiples écritures et autocollants aux caractères asiatiques.

« J'ai récupéré tout un stock, il y a deux ou trois ans, un ami chinois qui a un bateau de fret et qui pense à moi pour les bonnes affaires. Il m'avait dit que ce carton était un trésor. Je l'ai ouvert, j'ai cru qu'il y avait de l'argent dedans, mais c'était juste des bougies ! Ces Chinois, parfois, je ne les comprends pas. Si tu veux, il est pour toi. »

Isaias avait remercié Manish et était remonté chez lui, un peu hagard. Sous le choc de ce moment suspendu, il s'était assoupi.

« *Pendant quatre cents mètres, continuez tout droit sur Victoria Street.* »

Isaias s'étonne encore de cette conversation avec Manish. Comme s'il avait toujours connu cet homme. Comme s'il avait eu rendez-vous avec lui. Peut-être Cesarina avait-elle raison. Peut-être Dieu existait-il. Peut-être qu'un jour, sans qu'on sache pourquoi, les planètes s'alignaient. Son arrivée en Angleterre tenait du miracle, et depuis, la lumière ne faiblissait pas.

Un hébergement lui avait été attribué avec une telle facilité qu'il en demeurait encore étonné. Il avait cru à un piège, avait pensé voir débarquer aussitôt les autorités. Mais rien. En une semaine à peine, il avait bénéficié d'un toit pour lui tout seul, avec canapé et couchage, salle de bains, toilettes et cuisine. Pourtant, il n'avait pas osé contacter Cesarina encore. Il avait besoin d'être certain qu'il ne rêvait pas. Il espérait percevoir le signe tangible qu'il était sauvé, sans savoir vraiment ce qu'il attendait. Il priait pour une révélation. Alors il pourrait inviter sa mère à le rejoindre en sécurité. Elle avait tant souffert des menaces en Érythrée, et surtout, de sa précarité, à lui. Une double peine dont Isaias se considérait comme le seul à blâmer.

« *Dans trente mètres, tournez à gauche.* »

Isaias sourit aux taxis noirs londoniens, aux bus rouges à deux étages, salue les passants. Il les embrasserait tous s'il le pouvait. Pour les remercier de lui laisser une chance parmi eux. Pour la cinquième fois de la journée, il refait le point. Un hébergement, depuis hier un travail, et désormais un ami, Manish, qui lui a même offert des bougies. Tout semble si simple. À en avoir le vertige. Comment les personnes, les lois, peuvent-elles tant différer à quelques kilomètres de distance ? Ce monde est fou.

Si fou, que la folie se répand comme une onde, gagnant les moindres vestiges de rationalité. Est-ce que tout va s'effondrer ? Cette question l'obsède. Pour le moment, on l'accueille, mais sera-t-il un jour anglais ? Au-delà des papiers ? La veille, il n'en avait pas fermé l'œil, malgré ses draps propres. Comment les identités nationales, les mentalités sont-elles façonnées ? La lecture lui avait tant manqué ces dernières années. Quand il apprenait, son premier réflexe consistait toujours à ouvrir un livre. Seulement, il ne possède pas encore de livres en Angleterre, et son anglais manque de précision.

En se réveillant de sa courte sieste, plus tôt dans la journée, il avait posé une question sur le moteur de recherche de son téléphone :

Qu'est-ce qui façonne nos identités ?

Une suite improbable d'articles et de vidéos sans aucun lien étaient apparus. Le visage d'une jeune femme l'avait interpellé. Lena Boroditsky, « spécialiste des sciences cognitives et du langage ». Elle donnait une conférence sur les langues et la manière dont elles structurent notre pensée. Isaias avait savouré chacun de ses mots. Il avait écouté son monologue plusieurs fois puis avait décidé de le retranscrire dans les notes de son portable.

Le raisonnement de Lena Boroditsky était une suite implacable de causes à effets. Une équation mathématique universelle dont le résultat, si évident, avait suscité en Isaias une émotion oubliée. Il était de nouveau le petit écolier, plongé dans un univers délicieux d'algèbre, de matrices et de probabilités.

Un professeur en Érythrée lui avait assuré que les mathématiques s'immisçaient partout pour qui les reconnaissait. De cela aussi, il a désormais la preuve. En un instant, il a retrouvé sa seconde famille, faite de formules et de théories qui décryptent le monde, le traduisent en règles simples. Des années sans repères, dans la rue et la violence la plus abjecte, pour, en quelques jours, survivre au pire et reconquérir tous ses « chez-lui ». Ceux de la matière et ceux de l'esprit.

« *Tournez à gauche. Tournez à gauche. Faites demi-tour et prenez la première à droite.* »

Isaias se ressaisit, obéit à la voix, et une fois remis sur les rails, son esprit peut de nouveau voguer vers Lena Boroditsky.

Pour appuyer son raisonnement, elle se penchait sur différents exemples éloquents. Chez les Thaayorre d'Australie, une communauté aborigène avec laquelle elle avait travaillé, les mots « gauche » ou « droite » n'existent pas. Ils n'utilisent pour s'exprimer que les points cardinaux : *nord*, *sud*, *est* et *ouest*. Aussi, pour dire « bonjour », ils demandent : « Dans quelle direction allez-vous ? », et on leur répond quelque chose comme « Nord-nord-est, au loin ». Et donc, sans surprise, puisqu'ils sont forcés de se positionner dans l'espace pour simplement exprimer comment ils vont, les Thaayorre s'orientent mieux que personne sur la terre.

Selon elle, les langues avaient des spécificités structurelles qui influençaient nos émotions et, donc, notre manière d'être au monde. Elle citait notamment le cas du genre grammatical, qui diffère selon les pays : « pont » est par exemple un mot féminin en allemand, masculin en espagnol, et de ce fait, pour décrire un pont, les germanophones utilisent plutôt des stéréotypes considérés comme féminins « beau », « élégant », tandis que les hispanophones le qualifient de « solide » ou « long », selon des stéréotypes associés au masculin. Elle expliquait qu'à terme ces différences, puisqu'elles façonnaient les représentations, influençaient les comportements. Isaias s'était interrogé ensuite, passant en revue toute une série de mots dont les genres changeaient dans les pays qu'il avait traversés.

Dans l'esprit d'Isaias s'ouvrait une immense porte. Un champ d'exploration et d'apprentissage s'offrait à lui. Les enfants apprenaient à parler pour exprimer des besoins essentiels, donner et recevoir de la tendresse. Mais, afin de rester en vie, il fallait se laisser formater, accepter d'adhérer à une culture implicite, commune à un territoire.

Ici, on pensait comme ça. Là-bas, on pensait autrement. Jamais les codes n'étaient enseignés de manière officielle : ils infusaient les habitants d'une même nation, les liant par des attaches invisibles.

Voilà pourquoi Isaias avait tant souffert de solitude, quand bien même il se pliait à l'apprentissage assidu du langage de ses terres d'asile. Il ne possédait pas la structure intérieure. Ses capacités cognitives s'étaient forgées à partir de l'âme érythréenne. À moins d'effacer tout ce qu'il avait acquis, appris, développé de son cerveau, il demeurerait irrémédiablement un étranger esseulé.

Peut-être ces attaches invisibles orientaient-elles davantage de réflexes inconscients ?

Peut-être expliquaient-elles que nous nous accrochions aux symboles communs, aux codes, aux drapeaux, aux hymnes, persuadés d'être mus par un instinct solidaire quand, en réalité, nous étions dressés à désigner ces symboles comme repères ?

D'autres avant lui avaient abondamment réfléchi à ce sujet. Il est décidé à parcourir les revues scientifiques, les thèses universitaires, à en noter certains passages pour se souvenir de lire plus tard les auteurs mentionnés.

« *Tournez à gauche sur Storey's Gate, puis continuez tout droit.* »

Isaias regarde les personnes autour de lui sur le trottoir. Des visages au teint rose, des taches de rousseur, des peaux brunes, indiennes, africaines, orientales, asiatiques. Étaient-ils tous anglais ? Et quand les joues claires le voyaient, lui, que percevaient ces gens ? S'il parvient à s'installer ici pour de bon, devra-t-il un jour s'enfuir à nouveau parce qu'un tyran à l'idéologie ravageuse aura pris le pouvoir ? À quoi la paix tenait-elle ? À partir de quand un peuple sentait-il son identité menacée ? Qui le poussait à vouloir se distinguer du reste du monde ?

À délimiter son territoire, d'habitation ou d'idées ? On se range dans des cases, puis des cases de cases, pour pouvoir en exclure les différences. À force, on se retrouve seul, enfermé vivant dans un cercueil. Les symboles imprègnent les raisonnements, les émotions, les affects. Ils déclenchent des réflexes, des combats. Ils rassemblent, exhortent, contrôlent, servent de prétexte à lutter. À mourir aussi. Il en a vu tant, des hommes perdus tombés pour un drapeau.

Il serre la boîte que Manish lui a confiée. Peut-être est-ce la perspective de cette cérémonie qui le chagrine. Il s'étonne de son instabilité émotionnelle. Deux heures plus tôt, il se sentait pousser des ailes. Il s'en sera fallu d'un rien, le cadeau d'un inconnu dans un magasin poussiéreux, pour déclencher une vague de questions sans fin.

Le chagrin s'étend depuis son cœur vers l'arrière de son crâne. Les frontières nationales ne sont que des inventions humaines, et les populations, des prisonnières inconscientes des fantasmes de leurs ancêtres. Pour certifier que l'Allemagne prenait fin au commencement de la France, combien de personnes étaient mortes ? Des morts devenus des héros pour la patrie qui, à leur tour, rejoignaient la cohorte des symboles. Pourquoi la division nous rassure-t-elle ? Les hommes se piègent eux-mêmes et exhument du désastre de ces pièges le terreau de leur avenir : des symboles excluants, des fiertés nationales, nourrissant la joie mais, aussi, le prochain conflit. Un cercle vicieux d'une tristesse infinie.

« *Tournez à droite sur Great George Street et continuez tout droit.* »

Un enfant se roule en boule sur le sol. Sa mère le dispute, s'excuse auprès des passants du spectacle de sa progéniture. Elle le traîne de force dans sa poussette, mais il se tortille et lui échappe, la maman se retrouve avec un anorak dans la main quand son petit joue à la faire courir après lui. Soudain, le visage de la fillette de Paris revient à l'esprit d'Isaias. Cette image refait souvent surface quand il est triste, il ne sait pas vraiment pourquoi. Le chagrin le replonge au cœur de cette grande manifestation, avec sa caisse pleine des drapeaux bleu, blanc, rouge de la France, tous vendus en quelques minutes. Il se souvient du sourire de la petite fille lorsqu'il avait ramassé le drapeau piétiné pour le lui rendre. Quel âge a-t-elle désormais ? A-t-elle conservé le drapeau ? Et si oui, que représente-t-il à ses yeux ? Le jour où son pays s'est solidairement dressé contre l'ennemi ? Le jour où un migrant noir qui sentait mauvais l'a secourue ? Ces deux vérités sont-elles compatibles dans un monde où la nuance effraie ?

Il revoit cette marée de drapeaux, place de la Bastille. L'émotion étonnante que cette foule avait suscitée en lui. Soudain, il prend conscience d'être passé à côté de l'essentiel. Il ignore le sens du drapeau bleu, blanc, rouge. À bien y réfléchir, il ignore même l'histoire du drapeau érythréen. Isaias se sent tout à coup pris en flagrant délit de légèreté.

« *Continuez tout droit.* »

Le GPS a beau scander ses ordres, Isaias s'assoit sur les marches à l'entrée d'un immeuble et opère une nouvelle recherche sur son téléphone. Il doit absolument connaître la signification de ces drapeaux. Là, maintenant, tout de suite.

Il apprend ainsi que, pour l'Érythrée, le pavillon national est principalement composé de trois couleurs : le vert, le rouge et le bleu. Ces dernières sont réparties en trois triangles. Le triangle vert représenterait la terre fertile ; le bleu, la mer ; le rouge, le sang versé pour l'indépendance. Les branches d'olivier dorées au centre du dernier symboliseraient la richesse en minerai du pays. Disposé de telle sorte que sa taille diminue de gauche à droite, ce triangle rouge exprimerait la volonté de ne plus devoir verser de sang dans le futur. Une belle ironie.

Pour la France aussi, les sites s'accordent sur l'histoire :

> *Formé des trois couleurs nationales, le bleu de la ville de Paris, le blanc de la monarchie française, le rouge du sang versé pour libérer le peuple – le rouge étant également l'une des couleurs de Paris –, le drapeau tricolore symbolise l'encerclement du roi par le peuple. Important : les trois couleurs sont disposées en bandes verticales de taille égale, de manière que le bleu soit attaché à la gauche du pavillon, le blanc au milieu et le rouge flottant dans les airs.*

En ainsi de suite.

Souvent, le choix des illustrations, celui de l'ordonnance des formes et des couleurs se référaient à des batailles, à des impressions que devaient dégager les drapeaux hissés sur les navires de guerre ou les forts. Le symbole de l'alliance de certains contre d'autres qu'ils avaient vaincus. Les emblèmes patriotiques descendaient des stratégies de l'armée. En réalité, le message politique était clair : on s'unissait par et pour la conquête.

« *Vous êtes arrivé.* »

Isaias adore entendre cette phrase. Depuis qu'il est en Angleterre, elle revêt une signification presque spirituelle. Une vingtaine de personnes sont déjà là, certaines répondent aux questions de quelques journalistes.

Il ouvre la boîte en carton et dispose devant lui, en arc de cercle, les trente-neuf bougies. Il en reste une dizaine qu'il choisit de distribuer. Une jeune femme à la peau rose lui demande si elle peut en avoir une. Elle lui sourit, et ses yeux pétillent. Isaias sent ses joues chauffer. Il ignorait être encore capable de désir. Était-ce cela le trésor qu'avait mentionné l'ami chinois de Manish en lui remettant son lot ?

Alors qu'il s'apprête à lui donner la bougie, un journaliste demande à la jeune femme s'il peut l'interroger. Elle fait signe à Isaias qu'elle revient vite. Il plonge la tête dans la boîte pour qu'elle ne surprenne pas sa gêne.

C'est là qu'il distingue l'étincelle.

Un petit objet brille au fond du carton, sous la dernière rangée de bougies.

Soudain, son cœur s'arrête. L'air autour peine à se frayer un chemin dans sa gorge tant le choc est intense. Rêve-t-il ? Est-il mort, en réalité ?

Le spectacle qu'il offre doit être inquiétant, la foule se masse autour de lui, la jeune femme lui caresse la joue. Isaias sent une larme couler sur son visage. Elle est là, au fond de la boîte, l'attendant sagement entre les dernières bougies. Flamme parmi les flammes, prête à rallumer son existence. Elle est enfin de retour pour le guider. Il la reconnaîtrait entre mille. Son miracle. Son bijou précieux, perdu à la frontière libyenne. Comment est-ce possible ? Il sent ses lèvres trembler. Dans sa main, il serre sa croix.

Le signe qu'il attendait.

Isaias va pouvoir appeler sa mère.

Et que le vaste monde poursuive sa course folle

Gaza, 24 octobre 2017

Jeanne tremble en frappant à la porte. Elle a répété les phrases qu'elle devait dire en arabe avec Avidan. Les sujets qu'il valait mieux ne pas aborder. D'elle-même, elle n'aurait jamais orienté la conversation vers la situation, le Hamas ou les implantations dans le Nord, mais les Israéliens comme Avidan préfèrent faire comme si les juifs français étaient stupides, tous de droite, et novices face à l'islamisme. Comme si Jeanne ignorait qu'on se radicalise parfois pour avoir la paix dans sa famille, ou pour obtenir enfin la considération d'un père.

Qu'on se radicalise aussi parce qu'on ne nous laisse pas la possibilité de connaître autre chose, parce qu'on nous apprend que le mal existe et qu'il se nomme le juif, le catholique, le protestant ou le musulman selon le lieu, l'époque ou la mode.

Qu'on se radicalise car on a peur de la punition divine et que la souffrance dans la mort soit pire que celle de la vie.

Qu'on se radicalise pour échapper aux menaces des « autorités » envers les esprits libres. Qu'on se radicalise parce qu'on est perdu, qu'on rêve d'une gloire que l'on n'est pas capable d'obtenir par les voies de lumière.

Qu'on se radicalise parce qu'on veut faire comme le reste de la bande, fuir la solitude et esquiver les jugements.

Avidan a transmis à Jeanne tout ce qu'il a appris sur la petite Nawal Hamdan, devenue Nawal Mussalem al-Naami. Après l'attentat de son frère aîné, le cadet, Ali Hamdan, s'était à son tour engagé dans le terrorisme, mais à un niveau plus stratégique. Devenu aide-soignant, il avait postulé à un programme de formation de l'UNRWA sur la médecine d'urgence, notamment dans les situations de guerre, et avait été sélectionné. Peu à peu, il s'était investi dans l'agence onusienne, jusqu'à en devenir un cadre spécial, en charge de l'enseignement. Le contenu du poste était vague, ses fréquentations de même. Ses liens avec le Hamas s'étaient sus et il avait fini par quitter le Nord pour s'installer à Gaza. Il y avait fait la connaissance d'Ibrahim Mussalem al-Naami, médecin le jour. Pour les nuits, ses activités demeuraient floues. Qui rejoignait-il ? Que préparait-il ? Était-il impliqué dans les constructions de tunnels ? Impossible de le savoir. Au bout de quelques mois, Ali avait proposé à Ibrahim d'épouser sa sœur, encore mineure alors.

Nawal ne prenait jamais part aux activités de son époux. Elle avait donné naissance à deux enfants en vingt mois, elle s'en occupait. Son mari militait pour la disparition d'Israël. Mais elle ?

Jeanne se demandait si Nawal se souvenait du docteur qui l'avait écoutée dans la petite salle de l'hôpital, à quelques mètres de la chambre où l'on soignait son grand frère. Si elle avait compris que ce docteur était une dame juive. Si la petite fille qui rêvait de robes et de châteaux habitait encore quelque part en elle.

Jeanne distingue des bruits de pas. Soudain, une jeune femme ouvre la porte. Nawal. Jeanne s'attendait à ce qu'elle soit plus vieille. Qu'elle ressemble moins à une enfant. Nawal n'est âgée que d'une vingtaine d'années. Les cheveux retenus sous son voile, elle est vêtue d'une tunique ocre longue jusqu'aux chevilles. La fatigue des jeunes mamans se lit sur son visage. Elle semble étonnée de découvrir une Occidentale à l'entrée de sa maison.

Jeanne se présente et lui raconte la raison de son voyage, veillant à prononcer les mots exacts qu'Avidan lui a appris. Nawal tressaille. Jeanne sait alors qu'elle se souvient. Mais aussitôt, l'ancienne petite fille ferme la porte. Pourtant Jeanne ne l'entend pas s'éloigner. Elle devine que Nawal guette ses mouvements, là derrière.

Jeanne s'apprête à retourner à la voiture, comme elle l'a promis à Avidan, mais son corps refuse de lui obéir. Elle le doit à Mo, à Tariq, à sa mère, tous ceux qu'elle aime et que la haine use jusqu'à la mort. Elle ignore les signes d'Avidan dans la voiture, qui la somme de revenir immédiatement. Elle se rapproche de la porte, colle presque ses lèvres dans l'embrasure. Elle imagine l'oreille de Nawal à quelques centimètres. Elle mélange l'hébreu et quelques bribes d'arabe qui lui reviennent de ses années israéliennes. Elle se fiche du danger. Elle est en mission.

— J'ai souvent pensé à toi, Nawal. À tes rêves d'enfant. Je n'en peux plus qu'on nous assigne, toi et moi, à ce que nous représentons, qu'on nous attribue des rôles d'ennemies sans espoir de réconciliation. Je ne veux pas évoquer la politique. Je ne veux ni te convaincre de quoi que ce soit, ni débattre avec toi. J'aimerais que l'on partage un moment ensemble. Juste ça. Marcher quelques minutes côte à côte, sans se parler. Pour pouvoir se dire que c'est possible.

— Rentre chez toi, souffle la jeune femme.

— Je suis venue de France pour te retrouver.

— Tu n'aurais pas dû.

— Nawal, j'ai une petite fille. Je sais que tu as des enfants aussi.

— Si tu ne t'en vas pas, j'appelle des renforts.

— Tu n'en as pas assez, de tout ça ?

— De vous ? Souvent, si.

— Nawal, s'il te plaît. Je ne suis pas ce « vous ». Je m'appelle Jeanne. Ma mère est morte. Celui que je considérais comme mon frère aussi. Je voudrais que ma fille connaisse autre chose que les destins auxquels nous n'avons pas eu droit, toi, moi et tant d'autres. Je ne demande même plus la paix. Juste être ensemble sans peur et sans colère.

— Pourquoi ?

— Parce que ça n'a pas de sens.

— Rien n'a de sens.

— Tu penses vraiment que ce qu'on réserve à tes enfants ici ne mérite pas que l'on s'élève ? Que nous, les femmes, les mères, marchions ensemble contre les violences ? Ces récits dont nous sommes pétris ne nous réservent que des chagrins. Parce qu'ils sont écrits comme des tragédies inéluctables. On doit en sortir. On le doit à nos enfants. Je n'ai pas la solution. Je ne sais pas si elle existe à ce jour. Ou peut-être que c'est ça : apprendre à vivre quelques instants, côte à côte, sans que rien de grave ne se passe. Sans attendre plus. Et recommencer. Jusqu'à ce que ça devienne normal.

Nawal ne répond pas. Jeanne l'entend respirer. Elle est toujours là. Mais son silence insondable plonge Jeanne dans une fébrilité qu'elle déteste. Comme si chaque instant sans bruit se muait en une mâchoire croquant des parties d'elle-même. Jeanne sent presque des dents se planter dans sa chair. Dévorée tout entière par son invisibilité.

— S'il te plaît, je me doute que ça peut te paraître stupide, mais j'ai le pressentiment que je ne survivrai pas à un nouveau mur. Cent mètres. Je te demande cent mètres, ensemble, c'est tout.

Des pleurs de bébé éclatent à l'intérieur. Jeanne entend Nawal courir dans leur direction. Quelques minutes passent et toujours pas de retour. Il n'y a plus personne derrière la porte. La mâchoire dévorante se repaît de cet abandon.

C'est fichu. Elle se sent vidée. Ridicule de s'être soumise à un fantasme qui, de toute manière, n'aurait rien changé. Tôt ou tard, un nouvel attentat, une nouvelle guerre perturberont l'ordre mondial. La presse internationale se délectera de nouvelles troupes arabes et juives qui se déchirent. Les journalistes et autres observateurs politiques commenteront, critiqueront, attiseront la haine, tandis que des enfants assisteront à l'effondrement de leurs rêves.

Jeanne se tourne en direction de la voiture d'Avidan. Le fils de Refaël est inquiet et furieux, ses mains crispées sur le volant, son dos voûté, comme s'il retenait son souffle.

Soudain, une poussette double sort de la maison.

— C'est l'heure de prendre l'air pour eux. Si tu veux, tu m'accompagnes. Et on se tait.

Jeanne ne peut contenir son sourire.

Ensemble, elles s'élancent. Elle et Nawal avancent vers la mer, se laissant bercer par les rires des petits. Jeanne observe la ville, l'alternance de maisons vétustes et d'immeubles plus modernes, les trottoirs défoncés, les chats, et soudain, un magasin, un bâtiment dernier cri. Les mêmes contradictions qu'en Israël.

Puis elles atteignent la promenade qui longe la mer, bordée de palmiers. Les briques de différentes couleurs, assemblées au sol, forment une fresque qui ressemble à la Taïelet, sa réplique de Tel Aviv. Plus loin, il y a les quartiers pauvres, ailleurs, les réserves de haine, les QG terroristes, les familles désœuvrées. Toute l'insupportable réalité que deux femmes qui marchent n'effacent pas.

Pourtant, Jeanne se sent légère. Elle ne se souvient plus d'avoir éprouvé une telle sérénité depuis longtemps.

Elle marche avec Nawal.

Nawal marche avec elle.

Ça ne change rien.

Et pourtant c'est possible.

Désormais, tout est possible.

Vers les étoiles

Paris, 3 novembre 2017

Jeanne a eu envie de planter quelque chose. Dans l'avion qui la ramenait d'Israël, elle ne pensait qu'à ça.

Planter un arbre, un brin de muguet, des tomates, peu importe. L'intention prime sur l'objet. Les Israéliens plantent des oliviers pour les justes. Nawal mérite une présence sur le balcon. Pour le risque qu'elle a pris, le symbole qu'elle a accepté de partager, l'espoir qu'elle a consenti à nourrir. Elle a droit à une plante qu'on regardera pousser en pensant à elle.

Le fleuriste à la sortie du métro a suggéré des géraniums, alors Jeanne lui a raconté son histoire qui ne tolère aucune banalité.

« Il vous faut des lys de feu.

— Qu'est-ce que c'est ?

— La fleur de l'espoir et de la résilience par excellence. Elle vient d'Afrique. Elle est la première et seule plante à apparaître quatre jours seulement après un incendie.

La plus miraculeuse réponse de la vie face à l'un des pires traumatismes pour la nature… Je pense que ça correspond, non ? »

De retour chez elle, Jeanne observe la photo du sachet sur lequel est écrit *Cyrtanthus Angustifolius*. Elle ouvre la fenêtre pour préparer la terre dans le grand pot dehors. Et c'est alors qu'elle les voit. Deux petits œufs.

Un oiseau a pondu des œufs sur son balcon. Elle n'en revient pas. Comment est-ce possible ? En plein cœur de Paris, deux œufs. Elle s'approche davantage et distingue mieux la curieuse étoffe sur laquelle ils reposent : un drapeau français.

L'espace d'un instant, elle se demande qui a pu planter un drapeau dans son pot de fleurs. Elle n'ouvre jamais la fenêtre qui donne sur la rue. Ne vient jamais ici. Puis soudain, la manifestation de janvier 2015 lui revient. Le jeune homme qui les vendait, les « *Free Palestine* », la panique. Elle avait oublié que Nina avait conservé le drapeau, que sa fille avait voulu le glisser dans la terre. Planter les graines de beau pour que le beau pousse. Nina se souvient-elle du drapeau ? Il faudra lui demander, lui montrer le nid quand elle rentrera de l'école.

Jeanne ne veut pas risquer de perturber les œufs, ni leur mère qui reviendra sûrement bientôt de son envol quotidien. Elle n'ajoute pas l'engrais, ce serait trop long. Jeanne referme la fenêtre, heureuse que la nature reprenne ses droits chez elle.

Un vieux drapeau tricolore taché du sort des femmes, des lys de feu, et des hirondelles qui vont et viennent. Un balcon des merveilles en plein Paris. Il est parfois inutile de chercher les étoiles de l'espoir dans le ciel. Il arrive qu'elles brillent autour de nous.

Épilogue

Paris, le 7 octobre 2024

J'ai fait lire le texte à ma psychiatre. Comme à chaque fois que je sens que mon inconscient me parle à travers les personnages que j'anime.

— Je reconnais que, cette fois, on a pas mal de travail, Sarah, a-t-elle reconnu.

— Ça tombe bien, parce que je vais avoir besoin de votre aide.

— Pour changer…

— J'ai envoyé le manuscrit à mon éditrice, elle m'a dit qu'elle aimait beaucoup, mais qu'il manquait un personnage.

— Lequel ?

— Celui de Sarah. Elle aimerait que je raconte le lien entre toutes ces histoires. De l'intérieur.

— Et en quoi puis-je vous aider ?

— J'ai besoin de vous pour plonger en moi sans que ça fasse trop mal.

— Je ne peux pas faire cela, vous le savez bien. Je ne peux pas éviter la douleur. Juste vous accompagner pour la comprendre.

— Je n'ai jamais évoqué « ça ».

— Quoi donc ?

— Ce qui m'est arrivé en Israël…

— Vous n'êtes pas obligée d'obéir à votre éditrice.

— Je ne considère pas les choses comme ça. Parfois, les témoignages inspirent plus de réflexion que les raisonnements. Analyser sa vie, offrir cette analyse, c'est un peu donner son corps à la science pour contribuer à, un jour, guérir les maladies encore incurables.

— Mais vous n'êtes pas morte. On donne son corps à la science quand il ne sert plus. Pourquoi vous imposer cela ?

— Parce que ce que je vis aujourd'hui, comme tous ceux que je connais, est insupportable, une petite mort, et que je ne peux pas regarder ma fille en face si je ne lutte pas. Avec mes armes.

— Comment imaginez-vous les choses ?

— J'imagine une autre partie à ce livre. Une autre partie dans un autre tome. Ou un autre livre qui serait ma version charnelle de la fable. Ce qui l'a inspirée.

— Deux ouvrages, vous voulez dire ?

— Oui, un roman, un récit. Un roman qui serait la partie émergée de l'iceberg, et le récit pour montrer le reste.

— Et j'imagine qu'il y a urgence ?

— Vu l'actualité, je dirais que rien ne presse.

— Bon. Alors dites-moi, quand avez-vous compris que vous étiez juive ?

Postface de l'autrice

Un matin d'avril, une hirondelle a pondu deux œufs dans le pot de fleurs du balcon chez mes parents.

Deux petits œufs cachés sous les feuilles du citronnier parisien, sur un minuscule balcon du 19e arrondissement. Dans le quartier de mon enfance.

Longtemps, je me suis demandé comment, pourquoi, elle avait choisi cet endroit. Chaque matin, mon père prenait les œufs en photo et me les envoyait comme autant de preuves que les miracles existent.

Et puis un jour, des œufs, il ne resta que les coquilles. Envolées, les hirondelles.

Il m'arrive encore de regarder ces clichés. De tenter d'interpréter ce signe à travers le prisme des années qui passent et des événements qui ont marqué nos existences depuis.

Je ne sais pas si des usines pakistanaises ont fabriqué des drapeaux, en revanche les conditions de travail des ouvrières dans ce pays et ses voisins, dont 40 % de l'emploi dépend de l'industrie textile, ne cessent d'alarmer depuis des années[1].

Les attentats mentionnés, en Israël ou au Pakistan, se sont bien déroulés et les témoignages cités, tels que rapportés dans la presse, émanent de personnes réelles.

La lettre de Rima est inspirée de celle de Reyhaneh Jabbari à sa mère[2], avant son exécution par la République islamique d'Iran, où elle a été jugée coupable d'avoir été violée, comme des milliers de femmes chaque semaine au pays des mollahs, au Pakistan, en Afghanistan et dans tant de pays où la charia est appliquée. Elle incarne le sort de toutes ces femmes qui meurent partout de la violence de certains hommes se croyant investis du courroux divin, se nommant prophètes de leur foyer, de leur quartier. Obsédés par le corps des femmes, ce qu'il suscite de désir incontrôlable et en cela coupable, mais aussi de douceur et de générosité capable de les attendrir, et en cela plus coupable encore. Ces hommes-là haïssent le mystère de la vie qui se loge dans le ventre des mères et les dépasse, alors ils déchaînent leur rage et leur force, s'appuyant sur une interprétation mensongère du Coran, pour soumettre la femme, la terroriser. L'effacer.

J'ai connu le grand-père du petit Yotam qui avait perdu sa jambe dans l'attentat que je décris à Jérusalem[3].

1. https://www.ina.fr/ina-eclaire-actu/effondrement-rana-plaza-fast-fashion-mondialisation

2. https://www.nouvelobs.com/monde/20141029.OBS3463/la-lettre-d-adieu-de-reyhaneh-jabbari-jeune-iranienne-executee.html

3. https://fr.timesofisrael.com/la-grand-mere-de-yotam-sitbon-denonce-le-traitement-de-linformation-en-france/

L'histoire de Jin est totalement inventée, mais pas celle de sa cargaison. J'ai étudié la trajectoire des armes dont se sont servis les frères Kouachi, Amedy Coulibaly et plus tard Salah Abdeslam, la responsabilité des réseaux de contrebande terrestres et maritimes dans leur acheminement[1].

Les sépultures profanées au cimetière de Pantin n'étaient pas les tombes voisines de celles de mes grands-parents, mais ce tragique événement[2] est ce qui a poussé mon père à exhumer ses parents, Ange et Marguerite, pour les enterrer trente-cinq ans plus tard en Israël, dans le respect des lois civiles et religieuses telles que je les ai décrites.

L'histoire du patient Thomas Ngam provient du témoignage de Thomas Nlend dans son livre *Les Bouffons de la haine*[3]. Il y raconte son infiltration passionnante au sein du mouvement Égalité et Réconciliation.

Le passage à tabac de Rima par son père pour une mèche de cheveux dépassant de son voile m'a été raconté en 2023 par une femme de trente ans, victime de violences, ayant fui l'Algérie seule avec ses trois enfants.

1. https://www.ihemi.fr/articles/les-armes-illicites-sur-le-territoire-national-filieres-dapprovisionnement-armement-des-criminels-et-strategie-de-lutte
https://www.academie-medecine.fr/wp-content/uploads/2018/03/P.705-712.pdf

2. https://mobile.interieur.gouv.fr/Archives/Archives-ministres-de-l-Interieur/Archives-Manuel-Valls-mai-2012-avril-2014/Communiques-du-ministre/Profanation-de-deux-tombes-dans-le-carre-juif-du-cimetiere-de-Pantin

3. Thomas Nlend, *Les Bouffons de la haine*, Grasset, 2022.

L'histoire d'Isaias est un mélange des dizaines de témoignages que j'ai lus et écoutés de la part de ceux qu'on appelle les « migrants » d'Afrique passés par la Libye[1].

Clémence n'est pas réelle mais j'ai repris la description et les propos types de deux militantes qui m'ont interpellée sur les réseaux sociaux pour évoquer le travail de Médecins sans frontières.

Myra témoigne de l'insupportable condition des Yézidis en Iraq, notamment, où, depuis 2014, tant de femmes sont enlevées, violées et tuées[2], tout comme nombre de chrétiens, Shabaks et Turkmènes sont les victimes du projet d'épuration de l'État islamique.

L'histoire de guerre de Léon est celle de mon grand-père, qui portait le même prénom.

Le profil angélique et désœuvré de la petite Nawal m'a été inspiré par Ahed Tamimi, devenue le symbole de la révolte palestinienne contre l'occupation en Cisjordanie, dont la famille proche a été impliquée dans un attentat ayant tué quinze civils et blessé cent trente autres en 2001 à Jérusalem. Son goût de plus en plus ambigu pour la violence l'a finalement conduite en prison en Israël. Elle a été libérée lors de la trêve de novembre 2023 en échange des premiers otages israéliens.

1. https://sosmediterranee.fr/temoignages-de-rescapes/
https://www.msf.fr/actualites/temoignage-asad-20-ans-et-7-000-km-parcourus-entre-la-somalie-et-l-europe

2. https://www.europarl.europa.eu/EPRS/538875-Iraq-le-sort-des-Yezidis-FINAL.pdf

Dans le World Trade Center, il y avait bien le mari d'une jeune femme enceinte que Lydia, une amie de ma mère, connaissait.

Les trente-neuf migrants morts dans un camion frigorifique près de Londres étaient chinois. C'était en 2019[1], mais les drames impliquant des passeurs sans scrupules ou des individus cyniques exploitant la misère humaine sont malheureusement légion, et l'année 2017 n'a pas fait exception. Aussi cet anachronisme n'en est-il probablement pas un.

Mo existe vraiment. Du moins, il a existé.

Mo est Mohammed Benyettou, le petit frère de Farid, qui, des années plus tôt, a recruté Chérif et Saïd Kouachi au sein de la filière islamiste parisienne dite « des Buttes-Chaumont », nom attribué en référence au quartier de notre enfance.

Mo est mort le 16 août 2016. Et rien ne m'enlèvera de l'idée que les événements survenus un an plus tôt en France ont joué un rôle dans la place qu'il se voyait attribuée sur cette terre.

Mo était en classe avec mon frère. Très vite, ils sont devenus inséparables. Frères ou presque.

Mo venait rire chez nous, parler chez nous, manger chez nous, dormir chez nous, glander chez nous. Fuir chez nous. Mais ça, nous l'avons appris plus tard.

1. https://www.francetvinfo.fr/monde/europe/migrants/ce-que-l-on-sait-de-la-decouverte-de-39-corps-dans-un-camion-au-royaume-uni_3673045.html

https://www.liberation.fr/planete/2019/10/23/mort-de-39-migrants-au-royaume-uni-le-camion-de-la-honte_1759384/

Il était d'origine algérienne. Ses oncles militaient activement au sein d'organisations terroristes durant la décennie noire de la guerre civile, dont les violences auront causé entre soixante mille et cent cinquante mille morts, les chiffres officiels n'existant pas encore, des milliers de disparus et un million de personnes déplacées. Sa famille compte, notamment, parmi ses membres Youcef Zemmouri, fondamentaliste algérien, mis en cause dans un projet d'attentat lors de la Coupe du monde de football en 1998. Ça aussi, nous l'avons appris plus tard.

Au début des années 1990, le père de Mo était au chômage, la mère effacée. Nous avons découvert à cette période que celle que le quartier surnommait « le fantôme », car, phénomène étrange pour nous alors, elle était couverte d'un vêtement religieux noir des pieds à la tête – même ses yeux étaient cachés derrière une sorte de grillage en tissu – était sa sœur. Lorsqu'on lui posait des questions, Mo restait évasif, préférant n'importe quel sujet à ceux de la religion et de sa famille, les deux étant chez lui les facettes d'une même médaille de torture.

Mo était chaleureux et mystérieux.

Musulman et grand amateur de saucissons français.

Réaliste et rêveur.

Joyeux et triste.

Maigre et fort.

Rigide et souple.

Il était une contradiction personnifiée. Un être complexe qui vous émouvait sans rien dire, par un regard, et ce sourire en coin dont il avait le secret.

Un jour, la police a débarqué et arrêté son frère, Farid. Nous avons appris qu'il allait devoir purger une peine de six ans pour association de malfaiteurs terroriste. Dans le quartier, ce fut la déchirure : ceux qui savaient et ceux qui découvraient leur proximité avec un mal qu'ils pensaient lointain – comme nous. Juifs, touchés directement par la Shoah et l'exil des Tunisiens, avec de nombreuses attaches en Israël, nous connaissions les dangers de l'obscurantisme. Nous ignorions en revanche que l'un des principaux émissaires français était le grand frère de Mo, qui passait sa vie chez nous.

Mo a alors raconté son calvaire. Le recrutement de Farid par les Frères musulmans, les colonies de vacances qu'ils lui avaient payées, le « voyage » en Irak pour recevoir sa formation, et puis les changements comportementaux, vestimentaires, lexicaux. Il a imposé la pudeur aux filles de la maison, interdit l'alcool au père, ce qui a créé de nombreuses tensions, il a revêtu le qamis, s'est mis à prier constamment, a défendu à Mo d'écouter de la musique, se référait au Coran le plus souvent possible, et parlait de conquête… entre autres. Plus tard, Farid, que je ne connais pas directement, racontera tout cela dans un livre, *Mon djihad : itinéraire d'un repenti*[1].

1. Dounia Bouzar et Farid Benyettou, *Mon djihad : itinéraire d'un repenti*, Autrement, 2017.

Mo est mort à l'été 2016. Il avait 31 ans. Pour moi, tout est lié.

Chaque année, lorsqu'arrive la fin juillet, mon frère est inconsolable, et nous continuons ce deuil, nous demandant comment il aurait supporté ce qu'est devenu notre monde.

Cette histoire ressemble à une fable, mais elle est pétrie de réalité.

Remerciements

J'ai du mal à me repérer dans le temps, à déterminer ce que je dois aux uns et aux autres. Ma vie est passée d'un opposé à l'autre en cinq ans. Si j'ai payé chaque pas vers ma liberté, j'éprouve une immense gratitude envers celles et ceux qui m'ont tendu une main, celles et ceux, aussi, qui ont accepté que je m'éloigne, le temps d'accoucher de moi-même.

Ma fille, tu es mon moteur, ma joie, ma plus grande responsabilité également. Te regarder grandir est un spectacle qui m'émerveille. Merci de m'avoir choisie pour être ta maman.

Mes nièces, Batya et Hava, vous êtes mes autres filles, celles que je n'ai pas pu avoir. Et comme Lalah, je vous aime à l'infini.

Merci à ma famille de ne plus chercher à me comprendre, de m'aimer comme je deviens. Et merci mon frère de tenir bon dans cette guerre avec tant de dignité.

Merci à mes éditeurs de rire chaque fois que je présente un nouvel ovni puis de se laisser embarquer dans mes tempêtes avec tant de bienveillance. Sandrine, c'était magique.

Merci à mon association, ses bénévoles, ses référents, ses bénéficiaires, vous n'imaginez pas comme je vous suis reconnaissante de me permettre de croire en l'humanité.

Merci Anaïs, Andreea, Barbara, Camille, Claire, Diane, Eva, Isabelle, Karen, Karine, Karole, Laura, Mamouz, Mathilde, Myriam, Nathalie, Noémi, Noémie, Jess, Fanny, Patricia, Sally, Sandra(s), Sarah(s), Sophia, Sophie et Yaëlle. Toutes mes femmes-fées (et Jeanfi) auprès de qui agir est une joie.

Merci mes « Womensch » qui rendent supportable l'absurde solitude juive.

Merci Véronique, parce que, cet accouchement de moi-même, je vous le dois.

Merci aux équipes de Canal+ et à Claire de me porter comme vous le faites depuis le film *Vivante(s)*. Je reste convaincue que, dans la vie, l'important n'est pas ce qui nous arrive mais ce qu'on en fait.

Jean-Étienne, me voici dans le grand bain. J'ai l'impression d'être une adolescente qui sort seule pour la première fois. Je n'aurais pas pu grandir sans vous.

Merci à mes amies de toujours d'accepter pour le moment de m'aimer en coup de vent. Je ne suis pas là mais je suis là.

Merci à mes sœurs de lutte qui viennent d'ailleurs et me ramènent sans cesse à d'autres vies que la mienne, Chela, Diaryatou, Farida, Hilda, Mona, Nassim et tant d'autres.

Merci Gad Weil d'avoir toujours cru en moi.

Merci Lea, Clarisse, Shirley et Mihaela-Ana d'être ces veilleuses pour ma fille.

Je suis féministe universaliste jusqu'au bout des ongles et je ne le serais pas devenue sans les hommes de ma vie, parce que tout est toujours complexe. Ludo, ce livre je l'ai commencé à tes côtés, merci d'être désormais un ami sur qui compter pour m'aider à le défendre.

Enfin, merci à mes anges gardiens, d'ici et d'ailleurs, Léon, Ange, Marguerite, Yass, Dorothée, Sophie, Ralf, Vincent, mes 125 étoiles, toujours avec moi, toutes celles qui les ont rejointes et qui éclairent mon chemin quand les ombres s'amalgament.

Édité par Harper Collins France.

Composition et mise en pages
Nord Compo à Villeneuve-d'Ascq

Achevé d'imprimer en décembre 2024.

FIRMIN-DIDOT

à Mesnil-sur-l'Estrée (Eure)

Dépôt légal : janvier 2025.

Pour limiter l'empreinte environnementale de ses livres, HarperCollins France s'engage à n'utiliser que du papier fabriqué à partir de bois provenant de forêts gérées durablement et de manière responsable.

Imprimé en France